九说中国

九首古诗里的中国

胡晓明 著

上海文艺出版社
Shanghai Literature & Art Publishing House

出版者的话

　　作为人类四大古文明之一，华夏文明是世界上唯一没有中断并持续发展到今天的文明体系。这一文明体系发源于中国这片土地，在这片土地上发展壮大，立足于这片土地，敞开胸怀接纳吸收来自全人类的优秀文化元素，并不断向周边国家乃至全球传播，在对外交流中又进一步得到完善，从而形成了当今中国的文化面貌，也塑造着我们华夏民族优秀的精神品格。

　　对这样的文化，我们完全应该有充分的自信。而文化自信，是一个国家、一个民族发展中最基本、最深沉、最持久的力量。为此，我们决定组织编写这套"九说中国"丛书。

"九"这个数字，在中国传统文化中有着特殊的象征意味。在古时，九为阳数的极数，又是大数、多数的虚数，所以，既可以表示尊贵，也可以代表全部。据《尚书·禹贡》所载，大禹治水，后来称王，将天下划分为徐州、冀州、兖州、青州、扬州、荆州、豫州、梁州、雍州等九州；后来，九州可以代指整个中国。青铜器有"九鼎"，成语"一言九鼎"表示说话有分量。"九"还与"久"谐音，有长长久久、绵延不绝之意。

"九说中国"系列丛书在体例上力图打破传统的学科界限和历史分期，从文化表现的角度着眼，系统展示华夏五千年文明的核心元素与基本样貌，凸显中国思想的博大精深、中国文化的源远流长、中国精神的丰富多彩，进而揭示华夏文明所具有的独特气质和深刻内涵，展示华夏文明的兼容并蓄和强大生命力。

中华优秀传统文化需要创造性转化，需要创新性发展；转化与发展最终一定是从实处、细微处生发出来。"九说中国"系列丛书邀请对中国文化素有研究的学者，从承载中华优秀文化的诸多细小的局部和环节入手，从最能代表中国气质、中国气象、中国气派的人物、事物、景物、风物、器物中，选取若干精彩靓丽的内容，以生动的语言和独特的叙事方式，描述华夏传统的不同侧面，向读者传达中华优秀传统文化的精气神。

"九说中国"系列丛书将分辑陆续推出，每辑九种。第一辑九种书目，涉及文字、诗歌、信仰、技术、建筑、民俗日常，并推究建立于其上、传承数千年的华夏观念。为了让海外读者有机会了解中国文化的博大精深和丰富多彩，本丛书在适当的时候还拟推出多种语言的国际版。

上下五千年，纵横一万里。"九说中国"系列丛书力求涵盖面广，兼顾古今，并恰当地引入中外比照；做到"立论有深度，语言有温度，视野有广度"，同时用当代读者喜闻乐见的表达形式加以呈现。

当然，丛书的编写是否达到了策划的预期，还有待读者诸君评鉴。欢迎各位随时提出批评改进的意见和建议。

象，我们看现代文学，常常是"文"在"人"的前面。这个区别是重要的。诗首先是成就一个人，表达一个人，这个人是有真性情的人，是有生命的感动的人，是传达大地的声音，又有胸襟怀抱的人。因而中国诗歌是"士"的文学，现代文学渐渐成为一种碎片化的文学。《诗大序》说诗要"以一国之事，系一人之本"，即是说，诗心不封闭在小我自体之内，诗心实存于人人之间，哀乐相关，痛痒相切。虽有苦闷，终存正气；不免坎坷，绝不自弃。不以物喜，不以己悲。诗是个人的，也是大群社会的。诗要有家国情怀，有时代系念，民胞物与。不像现代诗，自我孤立，越来越成为自恋的修辞游戏，只是一种才子气的聪明，甚而成为皇帝的新衣。中国诗的开端，即是人文主义的开端。《诗经》中大雅小雅尤其如此。《离骚》也是如此，所以说诗是先圣骨血所凝，是文明的信物，是千年传统心理智慧的结晶。跟西方为艺术而艺术的诗，以及现代不群的孤立的小聪明的诗，完全不一样。

人文主义的倾向，表现在对政治强烈的兴趣。《诗大序》又说，"上以风化下，下以风刺上。主文而谲谏，言之者无罪，闻之者足以戒。故曰风。"郑玄《诗谱序》引《虞书》："诗言志，歌永言，声依永，律和声。然则诗之道，放于此乎……论功颂德，所以将顺其美；刺过讥失，所以匡救其恶；各于其党，则为法者彰显，为戒者着明。"都是特别强调对统治者的批评，以及诗歌对于整个政治生活的不可缺失的规谏与告诫作用。据文体史学家的研究，中国上古的时候，规谏类文体特为发达。"瞽、史、师、瞍、矇、百工、庶人乃至近臣、亲戚、公卿、列士，他们虽处于不同阶层，但皆可使用规谏类文体。而规谏文体所涵盖的范围亦相当广泛，综而言之，有书、诗、曲、箴、谏、规、诲、导、典、训、谤、赋、诵、语等，其中既有属于言说方式的（如谏、诲、导、训、谤、赋、诵、语等），也有属于具有成文的文体形态的（如书、诗、曲、箴、典等）。这里所体现出来的社会各阶层皆有责任使用各种规谏类文体来反映社会现实，或对政治提出批评与建议，以'补察王政'的文体观念，也许正反映出早期政治制度设置中某种比较开明的精神，

　　　　　　　　　　　九首古诗里的中国

这种观念此后也逐渐发展成讽喻和批判现实、政治的传统。"（吴承学，《中国早期文体观念之发生》）这是产生早期中国诗的历史文化土壤，也是中国诗学开山标明"诗言志"，诗之所以为士人之诗的文化基因。

近三千年的中国诗史正是这样发展下来的。真正的大诗人，都是中国文化中的志士仁人。某种意义上说，龚自珍是这个人文主义诗学谱系的最后一人。龚自珍在1842年去世，再过几年，中国卷入鸦片战争，近代历史开启，需要另外的篇幅来讲中国诗的故事。因而龚之所以作为本书的最后一笔，首先是古典中国在时间上的终结。其次是《己亥杂诗》315首，以前所未有的篇幅作抒情自传，复杂深厚，瑰丽变幻，哀感顽艳，既有社会现实政治与民族命运前程的真实丰厚内容，又有传统中国儒道释思想与民间文化的金声玉振集其大成，当然地成为古典中国的"天鹅之歌"。第三，不仅是旧思想旧传统的最后余晖，他的诗链接了近代到现代的中国诗史，对于那些极富于政治担当、人文理想与国族命运关心的诗人诗派如同光体、如诗界革命诸君黄遵宪、康有为、梁启超、谭嗣同、蒋智由，以及南社诗人高旭、陈去病、柳亚子甚至鲁迅，龚自珍具有触电一样的精神影响力。他的诗与人犹如一座桥梁，在新旧世界交替之际，伸向一个未来的中国，预示着新时代新思想的孕育；不仅是诗歌本身，还有文化气质，再也没有其他的传统诗人，像他那样深切地感动过后来新时代的一批以革命者身份登上历史舞台的新人了。因此，以他画上《九首古诗里的中国》的句号，构成一个自诗骚而晚清的中国人文主义诗学谱系。

中国文化自先秦至晚清近代，有一条历史的主线，即士人精英做文化主持人。即由思想型的读书人，引领风气、主持一个时代的精神趣味与文化走向。孔子为首的百家竞起、两汉的儒生领袖、六朝的家风学风、打破门第的科举取士、以道统重建和文化激荡为己任的两宋新士人新思想的崛起、以天下关怀与国族存亡为系的明末清初遗民诗人，都是历史的证明：知识人有活力则社会有活力。而每一种风气中，都有诗歌的引领；中国诗，是活力中的活力，犹如中国社会中一枚永不耗尽的电池。

从诗骚的"言志""规谏"，到定庵的"慷慨论天下事"，皆是如此。呈现的正是这样一个有意味的结构。

这个结构，也解释了陈寅恪先生的一句名言："吾民族所承受之文化，为一种人文主义之教育，虽有贤者，终不能不以文学创作为旨归。"

二、 以"屈陶李杜苏"为主干。

王国维在《文学小言》中说："三代以下之诗人，无过于屈子、渊明、子美、子瞻者。此四子者苟无文学之天才，其人格亦自足千古。故无高尚伟大之人格，而有高尚伟大之文学者，殆未之有也。"又说："天才者，或数十年而一出，或数百年而一出，而又须济之以学问，助之以德性，始能产真正之大文学。此屈子、渊明、子美、子瞻等所以旷世而不一遇也。"

王国维的这一番评论是公允正大的，也代表了主流传统诗学对大诗人的客观评价。同时，也不妨是从古典中国文化的高度，对历代大诗人的价值认同。屈原、陶潜、杜甫、苏轼四子高尚伟大的人格，足以不朽，这表明中国人文主义传统首先成就的是人本身。其次，四子兼具辉煌的才华、博大的学养、崇高之品德，这是产生"真正大文学"的根本原因。凡是世界上伟大的文学家，无不是如此。因而，我们这本以表达诗与中国文化精神的小书，当然也应以屈、陶、杜、苏为干。

在德的方面稍次于四子的伟大诗人，是李白。如果不是完全站在才学德三位一体完美平衡的立场上，我愿意将李白补充进入这个大诗人的体系。从才华的角度，完全可以当之无愧。然而李白还有一个上述体系无法概括的重要品质，即前人讲的"气"。清代诗论家叶燮说："李白天才自然，出类拔萃，非以才得之，乃以气得之。……历观千古诗人有大名者，舍白而外，孰有是气者乎！""气"即是生命的能量特别大、生命光彩特别亮丽，沛然莫之能御。从这个角度说，屈陶杜苏都没有他来得强烈、丰沛而生动。其次，李白是盛唐的特产。如果不是最富于生命能量的时代，是不可能产生中国最有生命之元气的诗人的。同时也代表了思想自由、文化多元、绚丽多彩的大唐文明。所以，九首古诗里的中国，不能不讲李白。

三、 以张若虚与王阳明为必选。

王湘绮说："张若虚《春江花月》，用西洲格调，孤篇横绝，竟为大家。"在世界诗歌史上，也很难找到这样诗人，只以一篇作品，就入选文学史上"大家"的行列。那么，他这篇作品为什么如此重要？成为大家的原因何在？这样重要而特别的诗篇，我们是不可以错失的。

而选王阳明的理由更是简单。本书的特色是选取那些最能表现中国文化精神的中国诗，这样必然要淘汰那些虽然优秀，但是只是在诗史上具有非凡意义的作品，需要着重从中国文化的角度来看中国诗。于是，一个很重要的方面不可忽视，即中国诗中的哲理诗。"深远如哲学天地，高华如艺术之境界"，诗思兼美，这常常是中国诗人向往的高标。王阳明无疑是一个大哲学家，同时又是在诗歌史上有定评的优秀诗人，选他的作品，无疑可以很容易地打开诗歌通往哲学与思想的维度。

因此，我希望这九首作品，不一定是唯一的选择，却是有分量的诗选；不一定是精准的诗选，却一定是精心的诗选。一册在手，时代与全局、大家与名篇、哲思与艺境、诗骚、李杜、唐宋、奇正、刚与柔，兼而有之。你可以不知道曹植、白居易、陆游或其他诗人，但不能不知道这里的九首诗及其诗人。

由此，可以进而将贯穿九篇的思想线索，略说一二。

四、 中国诗所承载的精神之一，重人间、重俗世的精神，即"俗世人文主义"。

一些世界文明史家把公元前 500 年前后同时出现在中国、西方和印度等地区的人类文化突破现象称之为"轴心时代"。而中国这个时代的文明，不同于希腊与以色列的"轴心突破",即所谓是属于"外向超越"型;"外在超越"即寻求一个现实之上之外更高的存在,来作为真实人生与社会的理想形态;而中国古代"突破"所带来的"超越"与希腊和以色列恰恰相反,可以更明确地界说为"内向超越"(inward transcendence),"内在超越"的另一个表达即不依靠神或上帝的拯救,不依靠另一个更高的理想型来指导现实生活,而就是在日常真实生活之中,来实现人的完善与人生的幸福。这当然是一种人文主义,更强调地说,这正是一种重视世俗人生的人文主义。

这里要纠正一个"五四"新文化以来的误解。顾颉刚、闻一多他们,把秦汉的方士求神仙的事情,完全误解了,他们以为中国上古的神仙家,是追求死后成仙的世界(《秦汉的方士与儒生》《神仙考》),其实,我们从《汉书·艺文志》可以知道,神仙家完全不是有关死后的世界,而是有关如何好好地活着的各种身心修行实践,是做一个"活神仙",神仙乃古医学(《汉书·艺文志》之《方技略·神仙》,汉代医家李柱国校),神仙学包括诸如：服饵、养气、炼丹、导引、按摩等实践（参见王叔岷《列仙传校笺》、王尔敏《秦汉时期神仙学术之形成》）。这个例子表明，无论是儒家还是道家或佛禅，无论是上层还是民间，中国的文化精神是看重现世人的幸福，而不是将幸福寄托于来世。

我们今天读几千年前的"诗三百"，真的可以感觉到它是日常生活的文学，日常生活的事情，平凡而单纯，恋爱、结婚、生子、想家、服苦役的哀伤，父子之情、母子之情、手足之情、夫妇之情、朋友之情，无不应有尽有，唯独没有古希腊神话中的人与神的感情，人生、人性、人情，是《诗经》的灵魂，是中国诗与中国文化的母胎。全幅肯定人的现世性，看重此生此世的幸福，是《诗经》的基调。十五国风，两千多年后，我们今天也能在地图上——指出来，譬如《郑风》，在今天河南郑州一带，《豳风》，在陕西，《齐风》，在山东……如果说，西方诗歌与文学的源头是《圣经》，中国文学的源头是《诗经》。《圣经》中有没有写父母兄弟夫妇的人伦情感？有没有写结婚日子这些俗事？有没有写种田与送饭的事？

采野果的事？服兵役的事？能不能将耶稣基督以及他的弟子经过的路线，一一在地图上指出来，大概也不能。《圣经》的精神气质，就是西方文学的精神气质，《诗经》的精神气质，就是中国文学的精神气质。

　　记得我还小的时候，念《诗经》里的"桃之夭夭"，桃之夭夭，灼灼其华，比喻一个女孩子的美丽，跟我一起玩的女孩子，我心里觉得她们，永远像桃花一样的好看。后来我念大学的时候，才知道《诗经》里的《桃夭》这首诗，讲到后面还有桃叶、桃子、开花、茂盛、结果实，比喻女孩子不止是好看，还会经历结婚、成家，生孩子。回忆当小孩子时的心情，没有那么多事情。一个像桃花一样的女孩子，这就够了。可是有一天我给学生讲课，却一下子懂得了，原来中国文学就是这样一种性格，她咏唱的美好人生，是这样的一种完整真实的人生。如果一个女孩子，只是给人家看着像一朵桃花那样的好看而已，而不会结婚，不能嫁一个好人家，也不会生小孩子，只开花不结果，那么，是没有什么真实的美，或者说是不完美的人生。这就是中国人的性格，这就是中国文化的人间性。所以，我讲《诗经》，要从《王风》的《君子于役》讲起，就是这个人间性的道理。

中国诗的世俗人文主义精神，还有一个与现代文学不同的美学倾向，即写实、非虚构的内容，要胜过虚构的内容。中国大多数山水诗、田园诗、怀乡诗、怀人诗、赠别诗、咏古诗、爱情诗，都可以有具体的真实的人物，或可以在地图上指出真实的地名。中国一流诗人的诗集，都是以具体时间为序的编辑，中国诗学中重要的理论如"兴观群怨"说，如"诗史"说，如"赋比兴"说，如"物感"说，如"功夫在诗外"说，如"发愤著书"说，如"诗品出于人品"说，如"国家不幸诗家幸"说，如"风骨"说、"境界"说，等等，皆大都与写实相关。美国文论家勒内·韦勒克、奥斯汀·沃伦的《文学理论》第二章《文学的基本特征》写道："如果我们承认'虚构性'、'创造性'或'想象性'是文学的突出特征，那么我们就是以荷马、但丁、莎士比亚、巴尔扎克、济慈等人的作品为文学。"与中国诗歌理论所植根的文化土壤，是有很大的不同的。

五、 中国诗所承载的精神之二，为人格尊严与人性高贵。

从历史上看，秦始皇无疑是有功于华夏统一大业的，他的书同文车同轨，无疑也是有历史的进步意义的，但是历史向来不是只有一个侧面。在中国文化的谱系里，甚至在一般中国老百姓的心目中，秦始皇更多呈现为负面的形象。为什么？道理朴素，因为他反人性。兼并战争是反人性的，周庄王时代，中国已经有一千万人口，秦兼并诸侯，其所杀伤，三分居二，又经十几年暴政，"百姓死没，相踵于路。"修长城也是很伤人道，残酷强迫太多的劳工，死于长城底下不计其数。孟姜女的故事就是民心的典型。在山海关至今还有孟姜女的塑像，然而好像到处都没有秦始皇的塑像。孟姜女的故事流传几千年，代表了中国文化精神，对历史上第一个封建专制皇帝，作了最坚决的否定。孟子说："行一不义，杀一不辜，而得天下，皆不为也。"（《孟子·公孙丑上》）这也就是孟子说的王道与霸道的区别，王道把人当作目的，而霸道把人当作手段。《尚书》里说"人为万物之灵"，就是说人是目的，以人为本，没有什么东西更可以高于人性的生命存在，凌驾于人本身之上。这就是中国文化里说的"天地良心"的涵义。所以司马迁在《史记》里，多次称"秦"为虎狼之国，司马迁写的《荆轲列传》，真是倾注了他的感情，比方说他写荆轲不是一般的刺客："荆轲虽游于酒人，然其人深沉好书，其所游诸侯，尽与贤豪长者相结。"这就表明荆轲之刺秦王，不是一般的血气之刚、匹夫之勇，而是一种主流文明思想支配下，深思熟虑的结果。结果当然失败了，太史公充满了惋惜与同情，写得字字是情，所以后人说，《刺客列传》是《史记》中第一等激烈文字。所以我们选了陶渊明的《桃花源诗》（一般选本只选《桃花源记》而未选诗），李白的《古风》也涉及这个问题，表明李白确有思想，而不是一个成天只知道喝酒的诗仙。陶渊明还有一首诗专门咏荆轲，最末两句说："其人虽已没，千载有馀情。"对荆轲的人格，表示了很高的评价。很多人都把陶的这首诗，用来证明陶的金刚怒目式的人格和风格，如鲁迅与朱光潜先生的那场著名的论争，迅翁用这首诗来反对朱光潜说陶有高贵的静穆。但可惜他们都没有真正读懂陶渊明，陶渊明之咏荆轲，是反暴秦，是反非人道的社会，是把人道、人性看得高于君王之统。而陶之所以要虚构一个桃花源，是反非人道的社会。《桃花源诗》开头两句诗"嬴氏乱天纪，贤者避其世"，直呼其姓，已经很明白。《桃花源记》中"自云先世避秦时乱"，也已经点出了关键。所以桃源世界，是人性的世界，是高于秦始皇专制社会的另一个世界，所以陶渊明的金刚怒目式，与静穆冲淡的美，在根基的地方，并没有什么矛盾，都是讲人性的自由，人道的庄严与尊贵。李白最崇拜的古人是鲁仲连。为什么，有三大精神美质，是从他那里来的，一个是个性自由精神，一个是功成身退精神，一个是人性精神。功成身退精神，众所周知，鲁仲连帮助了赵国解脱秦国的包围，平原君想封他，他再三辞，平原君又以千金为寿，鲁仲连也决不收，且从此隐身不再出来，在一个充满纷争与功利的蝇营狗苟的世界，这种谦退的生命风姿，是高贵的诗人李白引为同调的。而个性自由与人性精神，更是李白一生心之所系。《史记》里记载："彼秦者，弃礼义而上首功之国也，权使其士，虏使其民。彼即肆然而为帝，而为政于天下，则连有蹈东海而死耳，吾不忍为之民也。"这就是鲁仲连说的不能跟秦国联盟的理由，弃礼义，就是不讲仁义，不施仁政，尚首功，就是以杀人杀得多为论功行赏的标准，这就是反人性的文化。权使其士，虏使其民，就是以权诈的方式对待臣子，以奴隶的方式对待他的老百姓，这就不是以人为本，所以鲁仲连义不帝秦，所以李白特别敬重鲁仲连，"却秦振英声，后世仰末照"，跟陶渊明咏荆轲"其人虽已没，千载有馀情"，是一样的意思。如果说，"桃源人生"的提出，是陶渊明一生最成熟最深刻的思想。是对秦以来中国历史政治传统的彻底否定，即《饮酒》之二十所说的"洙泗辍微响，漂流逮狂秦"，以及对秦以来中国历史上"道统"曲而求伸的状况给予否定，另开出一种舒展的自由的文化生命道统形态。"桃源人生"的提出，乃是中国文化精神借陶渊明的灵心，所呈现而出的生命形态。那么，"鲁仲连人格"的提出，是李白一生最成熟、最深刻的思想。上接孟子浩然之气的大丈夫精神与庄子的游世自由人格，以切己的生命实践，平交王侯，傲睨巢由，仰天大笑，高尊布衣，安能摧眉折腰事权贵，使我不得开心颜——在天地间堂堂做一个人，融儒道侠仙为一体。其人性高贵、人格尊严的精神，成为吾国诗歌思想史上的最明亮的星空。

六、 中国诗所承载的精神之三，为广大人间恒有温情与善意的精神。

相信人性本善，相信广大的人间，人类社会应有彼此间的温情与善意，这是中国儒家文化的一个基本信念。朱熹说："天不生仲尼，万古如长夜。"这句话的意思是：世界如此黑暗，唯有像孔子那样的人，才是永远心存光明。这个信念，也是中国文学普遍、悠久、将其他事物也打上烙印的一种精神气质。西方人总是奇怪，为什么中国的天文学、地理学、历史学，往往喜欢讲一些天人感应的话，往往用道德与移情的心态，看历史、看天象、看山川河流甚至宇宙，因而缺乏近代意义上纯粹的科学眼光，其实中国人看历史，看自然，看人生，都有一种温情，都有一种善的信念；中国人的道德心情，就是中国老百姓常说的"天地良心"，应该从这个意义上，中国诗歌文学，具有一份决定性的贡献。

我们以《诗经》的《君子于役》开篇，那是一首相当简单朴素却又意味深长的诗歌。《诗经》里有不少这样的诗句，简单极了，但它所表达的情感，实在令人难忘，譬如《邶风·北风》，诗人写道："北风其凉，雨雪其雱，惠而好我，携手同行。"这个世界何等的寒冷，何等的阴暗！但是在这个世界上，有你与我携手同行，那么，就一下子充满了温情，于是，这个寒冷的世界就变得容易忍受了。《圣经》里也有一句话："请与我同行。"但是，那是讲上帝与我们同在，主与我们同在，我们因为主的同在而感到幸福。跟《诗经》里表示的情感，是大不相同的。《诗经》里还有一首小诗《郑风·风雨》，我也觉得很温情："风雨凄凄，鸡鸣喈喈。既见君子，云胡不喜？"写一个风雨交加的夜晚，女子与夫君相见。诗人以眼前那风雨飘摇之中小动物之间一种相互的温情，来作为诗的起兴，真是有无限深微美好的情意。这首诗，常常不止于夫妇之情的解读。白居易有一首小诗，也是写风雨之夜："绿蚁新醅酒，红泥小火炉。晚来天欲雪，能饮一杯无？"这首小诗仿佛是一通诗歌写的邀请函，其中所写的气候，是阴沉沉的天空，灰扑扑的云，快要天黑，快要下雪了，有一种无边的寒意，无边的黑夜，渐渐侵压而来。这个时候特别需要有酒来驱散那心头的寒意，需要有人来排遣夜色的寂寥。最难风雨故人来。因而白居易两千多年前邀请朋友刘十九的声音，一直传响到现在，那一酒一炉的温暖，依然充满了诱惑，带来了永恒的人间美好。中国诗歌与中国文学，有一典型而普遍的现象，即诗人们大多生活在一种漂泊的状况中，战争、征役、求学、宦游，迁徙、贬谪、充军……他们最懂得人生漂泊的况味，而中国诗人的整个环境生态，又是一种农业社会的人情往来、安土重迁、眷恋土地、仁爱敦厚的生态，于是，他们也最能领略人生中的一种温情，最向往着、希企着人间里的温情与善意。这两方面，相辅相成，正如《滕王阁赋》所唱："关山难越，谁悲失路之人？"真是无限的悲凉，可是接下来，"萍水相逢，尽是他乡之客"，一下子就把悲哀化解了。"同是天涯沦落人，相逢何必曾相识？"不止是白居易与素不相识的琵琶女，所有的中国诗人都是具有同情心的人。孟子说："老而无妻曰鳏，老而无夫曰寡，老而无子曰独，幼而无父曰孤。此四者，天下之穷民而无告者。文王发政施仁，必先斯四者。"广义上说，一切被遗弃者、被拆散者，孤独者、流浪漂泊者，一切失去了正常人伦关系的人，皆属于"天下之穷民而无告者"，儒家认为，他们最需要关心，最需要为政者倾注最大的同情、给予最切实的帮助。宋代哲学家张载《正蒙》中有一篇名为《乾称》，说道："凡天下疲癃、残疾、惸独、鳏寡，皆吾兄弟之颠连而无告者也。"说出了中国人性思想一以贯之的精神，也是中国诗一以贯之的精神。笔记小说里有一篇田螺姑娘的故事，一个女孩子天天躲在田螺里，为一个老实勤劳而孤独的年轻人烧饭洗衣，老实的青年有一天终于看到了田螺姑娘，问她为何要来相帮？田螺姑娘回答说："天遣小女，哀君鳏独。""哀君鳏独"四字，正是从孟子、从《诗经》里来的，是中国人性的体现。所以中国诗人正是人间的"田螺姑娘"，代表着人间恒有的温情与善意。我们从《桃花源诗》这样理想的诗歌中，从《春江花月夜》这样唯美的诗歌中，从《春夜喜雨》这样苦难的诗歌中，从《和子由渑池怀旧》这样忧伤的诗歌中，都不难发现中国诗的这一特质。

七、 从大自然汲取生机的精神。

邓小军教授论诗人杜甫的一项了不起的成就，就是从大自然中汲取生机，获得生命能量的支援（《唐代文学的文化精神》）。这不仅是老杜的智慧，也是中国诗人普遍的生命智慧。在最为苦难的人生境遇中，中国诗人往往能从周边的时序变化、从山川草木、从大自然的生动与美中，汲取智慧与力量。这当然并不是说他们都是现代人所说的自然崇拜者、泛神论者，这里有两个方面的思想背景。一个是"关联思维"，一个是"心的文化"。"关联思维"，来自中国早期思想中的"感应"说，明确肯定外物是有生命意味的。《乐记》"乐者，……其本在人心之感于物也"，"天之与人有以相通也，……万物有以相连，精祲有以相荡也。"（《淮南子·泰族训》）成为中国诗学与中国传统文化心理中的一种特有的思维方式。王昌龄说："人心至感，万物爽然有如感会。"（《文镜秘府论·十七势》）万物有性情有生命，所以能呼应人的"至感"深情。中国画也以感应说为基础。宗炳说，"山水质而有趣灵"，主张"应会感神"（《山水训》），宗白华说："灵气往来是物象呈现着灵魂生命的时候，是美感诞生的时候。"当代西方思想家将此称为"协调思维"（coordinative thinking）或"关联思维"（correlative thinking），认为这一思维代表了中国思想的特质。这种关联模式解释人类与自然的、超自然的环境及人与人之间的感应、融通、互动的关系，涉及宇宙自然、社会政治、伦理道德、医学、心理、美学等众多领域。其所形成的各种关联思维模式，对中国人的文化—心理结构和中国文化传统产生了深远的影响，如同钱穆所云："感应二字，实可谓会通两千年来之文化精义而包括无遗。"从大自然中汲取生机的诗学智慧，也是其中的一种表现。

另一方面，应该补充的是"心的文化"。即：中国文化最早的所谓轴心时代，已经十分自觉地认识到，"人为万物之灵"，"心"是世界的主宰。因而，看起来他们从花开花落、云飞云起的大自然中，得到了生命的启迪，智慧的见证，然而更重要的是，他们最重要的精神资源，是他们自己的心；他们在此世的行为、选择与际遇，都只能是自己对自己负责，自己成为自己最终的拯救者；而每个人自己对自己负责的心，不是孤立绝缘的存在，又是与天地宇宙在一起的存在，所以，中国诗人从大自然汲取生机，其实是一种缘助而已，其实毋宁说是一种镜相的作用，毋宁说是诗人借助于诗歌的感物方式，证明了自己有能力、有办法，让自己的生命不下堕，让自己的生命创造出一种充实而光辉的意义。

由此，我们可以深入理解本书中所选《春江花月夜》《春夜喜雨》《泛海》等诗中，大自然的物象，无论是春雨春花，还是秋月天风，所具有的文化精神涵义，诗人一方面将自己的美质投入大自然中，使大自然的微物关情，也具有一种美质，另一方面诗人也从大自然的春雨春花、秋月天风中，得到美的见证。这样一种天人之间的交互性，成为中国诗学极有意味的魅力。

好了，说到底，诗的解读方式，其实更是一种生活与存在的方式。小书在手，深情领略，终在解人。是为序。

君子于役

《诗经·王风》

君子于役，不知其期。曷至哉？鸡栖于埘。日之夕矣，羊牛下来。君子于役，如之何勿思！

　　君子于役，不日不月。曷其有佸？鸡栖于桀。日之夕矣，羊牛下括。君子于役，苟无饥渴？

《诗经·王风·君子于役》

　　日落黄昏的时候，高楼林立的城市，一个女子倚在阳台的栏杆，眺望着街道上源源不断的车流，缓缓簇拥而去；眺望着远处的万家灯火，彼此渐次点亮；电饭煲里的米饭已经保温，砂锅里的汤已入味，待烹炒的配料已备齐，一只黑色的小猫依偎在女子的脚边，眼睛发亮。女子不会去多想，这个时刻的等待，是如何温情与珍贵，她每天如此，不过是平常日子的一部分，已经完全习惯了。不久亲人归来，放学的放学，下班的下班，晚餐时分，饭热汤香，语声起落，空气中点缀着电视新闻的嘈杂和杯盘瓢勺的轻击——这一幅城市风俗图，情景还是那个情景，却早已没有了《诗经》里那样古老而淳厚的思念、温情与等待。

同样是日落黄昏的时候，同样是高楼林立的城市，无数的农民工，多半没有带上妻儿老小在外独自漂泊的农民工，这时，或者还在工地或公司里加班，或者还在辛苦地穿行于街道汽车之间送外卖，他们的亲人，在日益破败凋敝的农村老屋里，有的，打打电话，玩玩手机；有的，早早地睡了，没有灯光，也没有等待；甚至，有的，不顾小孩老人，自己耐不了寂寞而索性跟了别人离开家乡一走了之——这可能是一幅更为现实的当代城乡风俗图——更完全不同于古老的《诗经》里那样倾心的守候与淳朴的亲情。

等待、等待，这是中国最早的诗意，也是人类最原初的诗心。一个是女，一个是男，一个在里，一个在外，一个看得见的，一个看不见的，一个国，一个家……简单而朴素，古老而现代。

好的诗歌首先是使我们透过语言的陌生化，使生活情景重新新鲜生动，警醒我们回到人性的初心。毕竟农耕社会与工商社会，是两种不同的生活样式、两种不同的精神存在。《君子于役》中的情景与心境，既是熟悉的，也是陌生的；熟悉是因为人心对于亲情的需求，是根于最原始的人性，一直是或隐或显，以各种不同的方式表现出来的；陌生是因为传统社会的崩解，乡村的空洞化，因为城市对人性的抽离、物化与忙乱，以及现代社会人与人的疏离、分断、隔绝和冷漠化，与《诗经》的深厚淳朴的人情世界完全是不同的世界了。

这就是这首诗给我们现代人感动的原因所在。

这首诗里还有几个值得解读的早期中国文化符号。

思妇

《诗经》里有不少"思妇"。"思妇"是农耕社会的产物。一个女子，思念在外服徭役，或者在外参加战争的丈夫。夫妇间的人伦温情，是《诗经》的一大主题。夫妇之情在西方文学中，几乎不是一个正面颂扬的主题，然而在中国文学中，却有着源远流长的传统。这种民族文学性格，正来自《诗经》中的夫妇情爱。限于篇幅，这里只讲两个特点。

其一，以亲心为己心。中国古代怀人诗、寄内诗，有一种极为普通的抒情方式，最能体现古人温婉、深醇的人伦情味，即所谓"以亲心为己心"。从我的一边，揣想亲人的心情，将己方的抒情角度，转换为彼方的抒情角度。如《诗经·周南·卷耳》：

采采卷耳，不盈顷筐。嗟我怀人，置彼周行。

陟彼崔嵬，我马虺隤。我姑酌彼金罍，维以不永怀。

　　陟彼高冈，我马玄黄。我姑酌彼兕觥，维以不永伤。

　　陟彼砠矣，我马瘏矣，我仆痡矣，云何吁矣。

诗中其实是想象中夫妇的对唱：

　　（妇唱）采呀采呀采卷耳，半天不满一小筐。我啊想念心上人，菜筐弃在大路旁。

　　（夫唱）攀那高高土石山，马儿足疲神颓丧。且先斟满金壶酒，慰我离思与忧伤。

　　登上高高山脊梁，马儿腿软已迷茫。且先斟满大杯酒，免我心中长悲伤。

　　艰难攀登乱石冈，马儿累坏倒一旁，仆人精疲力又竭，无奈愁思聚心上！

　　在这首诗里，夫妇间虽远隔而心感通，在不同的空间，相同的时间，心心相印，灵犀相通，思念之情往返流注于亲心与己心之间，"若从正面写己心之所以念亲，纵千言万语，岂能道得尽？诗妙从对面设想，思亲所以念己之心，与归行勖己之言，则笔以曲而愈达，情以婉而愈深。千载下读之，犹足令羁旅人望白云而起思亲之念。"

其二，悲欣相映的感情。在《君子于役》这首诗里，感情有一个从悲伤到平静克制的变化。而在另外的一些思妇诗里，常常将悲与喜两种相反的感情，同时写入一诗，相反而相成，哀乐相生。如《召南·草虫》第一章：

> 喓喓草虫，趯趯阜螽。未见君子，忧心忡忡。亦既见止，亦既觏止，我心则降。

这是写一个思妇，在丈夫远出的时候，怀着深切的忧念，犹如《君子于役》的情景；当丈夫归来的时候，为之无限喜悦。这又是补充了《君子于役》的故事。《小雅·出车》第五章的文字几乎全部相同。又如《豳风·东山》末章：

我徂东山，慆慆不归。我来自东，零雨其濛。仓庚于飞，熠耀其羽。之子于归，皇驳其马。亲结其缡，九十其仪。其新孔嘉，其旧如之何？

《君子于役》是从思妇的角度，《东山》是换成了征夫的角度。征夫在归家的途中，回忆起新婚时的情景，他的心情是复杂的：新夫妻是甜蜜幸福的，老夫妻又如何呢？这是一种哀乐交织的心境。王士禛说："其新孔嘉，其旧如之何，写闺阁之致，远归之情，遂为六朝唐人之祖。"又如《郑风·风雨》末章：

风雨如晦，鸡鸣不已。既见君子，云胡不喜？

在一个风雨如晦，鸡鸣不已的夜晚，妻子与丈夫久别重逢，她心中何等的歆幸！毕竟，无数个这样凄风苦雨的夜晚已经过去了，我们可以从中读出后代诗人如"惊定还拭泪""感叹亦唏嘘""夜阑更秉烛，相对如梦寐"（杜甫）这样一种心情。中国老话说的"久别胜新婚"，正是由苦中酿出，由悲伤中转出的夫妇之情，更见其历久弥新，更见其深醇温厚。

鸡、牛、羊

这首诗中的群鸡回窝，牛羊下山，一派安乐平和、悠然自足的景象，我们仿佛听到了牛羊饱足的哼哼，仿佛闻到了晚饭炊烟的气息。空间辽远而安静。农村的基础是小农经济，保障了财产的私有与自足。如果这一点保障没有了，农村就没有人情的基础；没有人心与人情的村子，就是空洞化的村子。这首小诗中所展示的画面，可以窥见中国文化精神如何根于乡村社会，然后从乡村扩及广大有情社会的重要奥秘。

古代中国对于小农经济的破坏，除了战争，还表现在沉重的徭役上。《诗经·唐风·鸨羽》可以作为《君子于役》的一个背景。

肃肃鸨羽，集于苞栩。王事靡盬，不能蓺稷黍。父母何怙？悠悠苍天，曷其有所？

　　肃肃鸨翼，集于苞棘。王事靡盬，不能蓺黍稷。父母何食？悠悠苍天，曷其有极？

　　肃肃鸨行，集于苞桑，王事靡盬，不能蓺稻粱。父母何尝？悠悠苍天，曷其有常？

诗中唱道：

　　簌簌拍翅的群雁哦，落在柞树上。做不完的差事哦，那黍子高粱呵，谁去种？那可怜的爹娘呵，谁来养？老天爷呵老天爷，何时才能回家乡？

　　簌簌拍翅的群雁哦，落在枣树上。做不完的差事哦，那黍子高粱呵，谁去种？那可怜的爹娘呵，谁来养？老天爷呵老天爷，做到何时才收场？

　　簌簌拍翅的群雁哦，落在桑树上。做不完的差事哦，那黍子高粱呵，谁去种？那可怜的爹娘呵，谁来养？老天爷呵老天爷，日子何时能正常？

我们看《君子于役》中的"曷其有佸""曷至哉"跟这里的"曷其有所""曷其有极""曷其有常"，句式与心情都是一样的，是对于安定的家园、宁静的生活、平常的人生的一种殷殷呼唤。如清代的《诗经》学者方玉润语："始则痛居处之无定，继则念征役之何极，终则恨旧乐之难复，民情至此，咨怨极矣。"区别在于，《鸨羽》表达的是一份沉重的控诉与反抗，而《君子于役》更多出自于温婉的抒情、克制的哀怨，以及淳朴人生理想生活的向往。

黄昏

传统农业社会，生活节奏单纯而自然，日出而作，日入而息，农业人生的生命节奏，为大自然的生命节奏。黄昏成为一天中最为宁静的时刻，最具有家庭本真意味的时刻。人的生物节律，情感节律，心理节律，同大自然的生命节律一道，同趋于平和与安宁。于是和平与安宁生活之向往，不复仅仅来自思妇之思念中，于是《君子于役》所开创的黄昏思念，成为所谓"最难消遣"之中国诗美感体验。（许瑶光，《再读〈诗经〉四十二首》）如下列引诗：

　　倦倚绣床愁不动，缓垂绿带髻鬟低，辽阳春尽无消息，夜合花前日又西。（白居易《闺妇》）

　　楼上黄昏欲望休，玉梯横绝月如钩。芭蕉不展丁香结，同向春风各自愁。（李商隐《代赠》）

　　花前洒泪临寒食，醉里回头问夕阳。不管相思人老尽，朝朝容易下西墙。（韩偓《夕阳》）

　　后世的曲、小令更多此种感受。如马致远的小令："……古道西风瘦马，夕阳西下，断肠人在天涯。"王实甫的《别情》："怕黄昏忽地又黄昏，不销魂怎地不销魂；新啼痕压旧啼痕，断肠人忆断肠人。"赵德麟的《清平乐》："断送一生憔悴，知他几个黄昏。"中国诗人的黄昏体验，实在是植根于原始远古生命中的一种本根性的体验，是对和谐、安宁、富足、温馨的生活的一种永恒的祈求。

我们再来细读《君子于役》这首诗吧。这首小诗有两个特点。一个是单纯而淳厚、细致而浑沌。全诗的文字极为简洁明净，然而细节仍可玩味。如"鸡栖于埘"，是近景，特定镜头；"羊牛下来"是远景，广角镜头。由近及远，空间极为辽阔，又极为亲近。此外，音乐性极强。两章的开头，最主要的声情口吻，即一种念叨恳切，反复重叠"君子于役"，反复倾吐简单而质朴的思念，极言役期之长，直抒胸臆，亟盼丈夫归来。又在两章中，重复提到"鸡栖于""羊牛下""日之夕矣"，触景生情，从外面写内心，从无知的家畜写有情的生命，家畜尚能有出去又有归来，太阳每天有升起亦有落下，而有生命的人却出而无归。于一片温暖的亲切景物中，托起无限伤心，似乎整个宇宙大地，都在为有情之生命作证；整个宇宙山川，都在为思妇的情意拍和，于是思妇的心声，犹如有着一幅极为宽广深厚又极为单一纯粹的交响音乐，为之相伴与衬托。因而，思妇的思念，不仅为思妇一人之思念，而成为整个山川宇宙亘古而今的永恒思念。

值得细究的是从外面写内心，以家畜写人情，后人称为"兴"，称为"情景相生"，然而其实不是一种自觉的诗艺，而是农业人生的日常相感，如果要说是一种文化特质，还是《周易》里的说"感"，以及《乐记》里说的"感物"，即人心与自然的感通、感应、感动，植根于古老的天人合一。后人所谓"诗意正因思而触物，非感物而兴思也"（沈守正），其实是一种无谓的分别，这首诗里，纯一个"感"字而已，既是因思而触物，又是感物而兴思，物与我，情与景，是浑沌未分的朴厚之美。

如果还可以再专业一点的讨论，鸡与牛羊，所涉及的"兴"的问题，关系到一个相当重要的诗学问题，即，究竟中国诗的起源，是宗教的，还是非宗教的。也就是说，鸡与牛羊，其背后的精神史根源在哪里。陈世骧认为"兴"源自劳动过程，那么，思妇眼中的鸡与牛羊，就是农耕文化的诗源头。然而另一些学者主张有一个更早的源头，不是农耕，而是源于图腾崇拜。赵沛霖区分出与祭祀祖先相关的图腾的三种形式——真实动物、植物以及虚拟动物（龙、凤、麟）。每个部族都会通过一个图腾辨认其祖先，因而在呼唤图腾、信仰图腾的长期精神过程中，内化了动物或植物的神圣性与人性化的统一。因此，渐渐"兴"世俗化为一种普遍的审美原则，以至于其中如此频繁出现的形式"触景生情"或"因情触物"的习惯得到了普遍化与扩大化，不再仅仅代表对祖先或双亲的思念。然而，我依然认为尽管动植物起兴，有图腾的因素内化为抒情，长达数千年农耕社会的生活习性与精神品性，仍然是主要的美感形式。由此，中国诗的源头，既有宗教的神圣性，更有农业人生的天人合一的世俗性。

此诗的朴厚还体现在"曷至哉"三字。即是说：不知良人今日在何处也。扬之水有一比较的说法：邓翔曰："唐诗云'茨菰叶烂别西湾，莲子花开犹未还。妾梦不离江水上，人传郎在凤凰山'，即'不知其期'及'曷至'之注脚。"所解不差。不过两诗虽思有共通，而诗境相去甚远。张潮的诗题作《江南行》，一南一北，风物已殊，气象迥别，此且不必论，郝懿行曰"古人文字不可及处在一真字，张诗却只是在用巧"。人类童年的天真，一如个人生命的童稚，是后来成熟的巧思所不可企及的美。

其次是中国妇道的伦理情味。尽管思妇的心情单一而质朴，然而还是有细微的变化。第一章的结尾说"如之何勿思"，第二章保持这一主调，恳切表达相见之切，与惦念之深。可是最后的结尾，却说"君子于役，苟无饥渴"，作了退后一步想："君子"既然永无归期，怎么办呢，只希望他在外面不要受饥受渴吧！在无可奈何之中，思妇没有怨怼，没有绝望，没有崩溃，借祝愿亲人，聊以安慰自己、解救自己，以"苟无饥渴"的心愿，来结束无边的思念。如古诗里说的，那远方的人"努力加餐饭"。贺贻孙曰："'苟无饥渴'，浅而有味。闺阁中人不能深知栉风沐雨之劳，所念者饥渴而已。此句不言思而思已切矣。"表明思妇以亲人为重，置己身于不顾。中国妇道向来有一种牺牲的精神，即是为了自己所爱的人，不管如何身心憔悴、"不日不月"（依焦琳说，此句意为

"孤寂无依，无以度日月"，即"过不成日月"），终无怨无悔。这首小诗的结尾所透露的心情，可窥见千年中国文化心灵之一斑。

小结

《君子于役》这首小诗，尽管非常简单，却如一颗水晶一样包含了中国诗学的重要元素与中国文化的核心价值。从诗学上说，如：鸡与牛羊与思妇的"相似"，即所谓"连类"的审美原则，对"类"精妙的运用从根本上创造了中国最伟大的诗歌时代即唐诗成就。中西方的汉学界中，已经相当自觉地将"感物"与"连类"，称之为"关联思维"或"协调思维"，作为一种中国文学创作理论的根本基础。

其次，一种单纯而淳厚、细致而浑沌的美，成为早期《诗经》民间艺术的重要特色，也是最难被后代文人模仿复制的特美。正如马克思所称美的古希腊艺术所表现的人类不可企及的童真。

第三，从文化意义上说，植根于农业人生的土壤，中国文化的淳厚人情，尽管现代性远远离开了传统，作为一种镜相，古典的乌托邦世界，依然是人类反观自我，反省生命的一种"他者"。其中既有人类学的因素，也有社会学的因素，譬如，财产私有，乡村自治，以及物质环境与精神生态的守护等。

第四，思妇的怨而不怒、哀而不伤，中国妇道的牺牲精神等，成为温柔敦厚的诗教的重要成分，至今仍然是中国的文化心灵。

最后要说的是，中国最基本的文学理论，是《诗大序》。《诗大序》说"诗三百"的功能，完全不同于现代人看文学的功能，是"经夫妇、成孝敬、厚人伦、美教化、移风俗"。中国历史由殷商而西周，是华夏文化精神的一大变局。即由弱道德、弱人伦的半原始丛林社会形态，进而为道德优先的文明社会形态。正如王国维所说："周之所以纲纪天下，其旨在纳上下为道德，而合天子、诸侯、卿大夫、庶民以成一道德之团体，周公制作之本意，实在于此。""故知周之制度典礼，实皆为道德而设。……周之制度典礼乃道德之器械，而尊尊、亲亲、贤贤，男女有别四者之结体也。"《君子于役》这首小诗所表现的是"亲亲"，这一价值奠定了华夏文明生存与发展的秘密，中国人成为世界上最大的共同体，至今繁荣不衰，实与此基本价值有关。

离骚

屈原

帝高阳之苗裔兮，朕皇考曰伯庸。

摄提贞于孟陬兮，惟庚寅吾以降。

皇览揆余初度兮，肇锡余以嘉名：

名余曰正则兮，字余曰灵均。

纷吾既有此内美兮，又重之以脩能。

扈江离与辟芷兮，纫秋兰以为佩。

汩余若将不及兮，恐年岁之不吾与。

朝搴阰之木兰兮，夕揽洲之宿莽。

日月忽其不淹兮，春与秋其代序。

惟草木之零落兮，恐美人之迟暮。

不抚壮而弃秽兮，何不改乎此度？

乘骐骥以驰骋兮，来吾道夫先路！

昔三后之纯粹兮，固众芳之所在。

杂申椒与菌桂兮，岂维纫夫蕙茝！

彼尧舜之耿介兮，既遵道而得路。

何桀纣之猖披兮，夫惟捷径以窘步。

惟夫党人之偷乐兮，路幽昧以险隘。

岂余身之惮殃兮，恐皇舆之败绩！

忽奔走以先后兮，及前王之踵武。

荃不查余之中情兮，反信谗而齌怒。

余固知謇謇之为患兮，忍而不能舍也。

指九天以为正兮，夫惟灵脩之故也。

曰黄昏以为期兮，羌中道而改路。

初既与余成言兮，后悔遁而有他。

余既不难夫离别兮，伤灵脩之数化。

余既滋兰之九畹兮，又树蕙之百亩。

畦留夷与揭车兮，杂杜衡与芳芷。

冀枝叶之峻茂兮，愿俟时乎吾将刈。

虽萎绝其亦何伤兮，哀众芳之芜秽。

众皆竞进以贪婪兮，凭不厌乎求索。

羌内恕己以量人兮，各兴心而嫉妒。

忽驰骛以追逐兮，非余心之所急。

老冉冉其将至兮，恐脩名之不立。

朝饮木兰之坠露兮，夕餐秋菊之落英。

苟余情其信姱以练要兮，长顑颔亦何伤。

擥木根以结茝兮，贯薜荔之落蕊。

矫菌桂以纫蕙兮，索胡绳之纚纚。

謇吾法夫前脩兮，非世俗之所服。

虽不周于今之人兮，愿依彭咸之遗则。

长太息以掩涕兮，哀民生之多艰。

余虽好脩姱以鞿羁兮，謇朝谇而夕替。

既替余以蕙纕兮，又申之以揽茝。

亦余心之所善兮，虽九死其犹未悔。

怨灵脩之浩荡兮，终不察夫民心。

众女嫉余之蛾眉兮，谣诼谓余以善淫。

固时俗之工巧兮，偭规矩而改错。

背绳墨以追曲兮，竞周容以为度。

忳郁邑余侘傺兮，吾独穷困乎此时也。

宁溘死以流亡兮，余不忍为此态也。

鸷鸟之不群兮，自前世而固然。

何方圜之能周兮，夫孰异道而相安？

屈心而抑志兮，忍尤而攘诟。

伏清白以死直兮，固前圣之所厚。

悔相道之不察兮，延伫乎吾将反。

回朕车以复路兮，及行迷之未远。

步余马于兰皋兮，驰椒丘且焉止息。

进不入以离尤兮，退将复修吾初服。

制芰荷以为衣兮，集芙蓉以为裳。

不吾知其亦已兮，苟余情其信芳。

高余冠之岌岌兮，长余佩之陆离。

芳与泽其杂糅兮，惟昭质其犹未亏。

忽反顾以游目兮，将往观乎四荒。

佩缤纷其繁饰兮，芳菲菲其弥章。

民生各有所乐兮，余独好修以为常。

虽体解吾犹未变兮，岂余心之可惩。

女嬃之婵媛兮，申申其詈予，曰：

鲧婞直以亡身兮，终然殀乎羽之野。

汝何博謇而好脩兮，纷独有此姱节？

薋菉葹以盈室兮，判独离而不服。

众不可户说兮，孰云察余之中情？

世并举而好朋兮，夫何茕独而不予听？

依前圣以节中兮，喟凭心而历兹。

济沅湘以南征兮，就重华而陈词：

启《九辩》与《九歌》兮，夏康娱以自纵。

不顾难以图后兮，五子用失乎家巷。

羿淫游以佚畋兮，又好射夫封狐。

固乱流其鲜终兮，浞又贪夫厥家。

浇身被服强圉兮，纵欲而不忍。

日康娱而自忘兮，厥首用夫颠陨。

夏桀之常违兮，乃遂焉而逢殃。

后辛之菹醢兮，殷宗用而不长。

汤禹俨而祗敬兮，周论道而莫差。

举贤才而授能兮，循绳墨而不颇。

皇天无私阿兮，览民德焉错辅。

夫维圣哲以茂行兮，苟得用此下土。

瞻前而顾后兮，相观民之计极。

夫孰非义而可用兮？孰非善而可服？

阽余身而危死兮，览余初其犹未悔。

不量凿而正枘兮，固前修以菹醢。

曾歔欷余郁邑兮，哀朕时之不当。

揽茹蕙以掩涕兮，沾余襟之浪浪。

跪敷衽以陈辞兮，耿吾既得此中正。

驷玉虬以桀鹥兮，溘埃风余上征。

朝发轫于苍梧兮，夕余至乎县圃。

欲少留此灵琐兮，日忽忽其将暮。

吾令羲和弭节兮，望崦嵫而勿迫。

路漫漫其修远兮，吾将上下而求索。

饮余马于咸池兮，总余辔乎扶桑。

折若木以拂日兮，聊逍遥以相羊。

前望舒使先驱兮，后飞廉使奔属。

鸾皇为余先戒兮，雷师告余以未具。

吾令凤鸟飞腾兮，继之以日夜。

飘风屯其相离兮，帅云霓而来御。

纷总总其离合兮，斑陆离其上下。

吾令帝阍开关兮，倚阊阖而望予。

时暧暧其将罢兮，结幽兰而延伫。

世溷浊而不分兮，好蔽美而嫉妒。

朝吾将济于白水兮，登阆风而緤马。

忽反顾以流涕兮，哀高丘之无女。

溘吾游此春宫兮，折琼枝以继佩。

及荣华之未落兮，相下女之可诒。

吾令丰隆乘云兮，求宓妃之所在。

解佩纕以结言兮，吾令謇修以为理。

纷总总其离合兮，忽纬䌓其难迁。

夕归次于穷石兮，朝濯发乎洧盘。

保厥美以骄傲兮，日康娱以淫游。

虽信美而无礼兮，来违弃而改求。

览相观于四极兮，周流乎天余乃下。

望瑶台之偃蹇兮，见有娀之佚女。

吾令鸩为媒兮，鸩告余以不好。

雄鸠之鸣逝兮，余犹恶其佻巧。

心犹豫而狐疑兮，欲自适而不可。

凤皇既受诒兮，恐高辛之先我。

欲远集而无所止兮，聊浮游以逍遥。

及少康之未家兮，留有虞之二姚。

理弱而媒拙兮，恐导言之不固。

世溷浊而嫉贤兮，好蔽美而称恶。

闺中既以邃远兮，哲王又不寤。

怀朕情而不发兮，余焉能忍而与此终古？

索琼茅以筵篿兮，命灵氛为余占之。

曰：两美其必合兮，孰信脩而慕之？

思九州之博大兮，岂惟是其有女？

曰：勉远逝而无狐疑兮，孰求美而释女？

何所独无芳草兮，尔何怀乎故宇？

世幽昧以眩曜兮，孰云察余之善恶？

民好恶其不同兮，惟此党人其独异！

户服艾以盈要兮，谓幽兰其不可佩。

览察草木其犹未得兮，岂珵美之能当？

苏粪壤以充帏兮，谓申椒其不芳。

欲从灵氛之吉占兮，心犹豫而狐疑。

巫咸将夕降兮，怀椒糈而要之。

百神翳其备降兮，九疑缤其并迎。

皇剡剡其扬灵兮，告余以吉故。

曰：勉升降以上下兮，求矩矱之所同。

汤禹俨而求合兮，挚咎繇而能调。

苟中情其好脩兮，又何必用夫行媒？

说操筑于傅岩兮，武丁用而不疑。

吕望之鼓刀兮，遭周文而得举。

宁戚之讴歌兮，齐桓闻以该辅。

及年岁之未晏兮，时亦犹其未央。

恐鹈鴃之先鸣兮，使夫百草为之不芳。

何琼佩之偃蹇兮，众薆然而蔽之。

惟此党人之不谅兮，恐嫉妒而折之。

时缤纷其变易兮，又何可以淹留？

兰芷变而不芳兮，荃蕙化而为茅。

何昔日之芳草兮，今直为此萧艾也？

岂其有他故兮，莫好修之害也！

余以兰为可恃兮，羌无实而容长。

委厥美以从俗兮，苟得列乎众芳。

椒专佞以慢慆兮，樧又欲充夫佩帏。

既干进而务入兮，又何芳之能祇？

固时俗之流从兮，又孰能无变化？

览椒兰其若兹兮，又况揭车与江离？

惟兹佩之可贵兮，委厥美而历兹。

芳菲菲而难亏兮，芬至今犹未沬。

和调度以自娱兮，聊浮游而求女。

及余饰之方壮兮，周流观乎上下。

灵氛既告余以吉占兮，历吉日乎吾将行。

折琼枝以为羞兮，精琼蘼以为粻。

为余驾飞龙兮，杂瑶象以为车。

何离心之可同兮？吾将远逝以自疏。

遭吾道夫昆仑兮，路修远以周流。

扬云霓之晻蔼兮，鸣玉鸾之啾啾。

朝发轫于天津兮，夕余至乎西极。

凤皇翼其承旗兮，高翱翔之翼翼。

忽吾行此流沙兮，遵赤水而容与。

麾蛟龙使梁津兮，诏西皇使涉予。

路修远以多艰兮，腾众车使径待。

路不周以左转兮，指西海以为期。

屯余车其千乘兮，齐玉轪而并驰。

驾八龙之婉婉兮，载云旗之委蛇。

抑志而弭节兮，神高驰之邈邈。

奏《九歌》而舞《韶》兮，聊假日以媮乐。

陟升皇之赫戏兮，忽临睨夫旧乡。

仆夫悲余马怀兮，蜷局顾而不行。

乱曰：已矣哉！

国无人莫我知兮，又何怀乎故都！

既莫足与为美政兮，吾将从彭咸之所居！

（屈原《离骚》）

这是一首不得不选的中国名诗。正如家中不能只是一些小板凳小茶几，也要有八仙桌椅与中堂立轴；一桌大餐不能只有拼盘与冷菜，也要有拿得出手的正席大菜，我们这本《九首古诗里的中国》，不能没有《离骚》。有没有读过、读懂《离骚》，也是一把简单的尺子——用来测量读者有关中国诗歌"功力"的深浅。

诗骚

古典中国的文学传统，无疑以诗文为正宗，小说戏曲是后起的。而诗文传统中，《诗》《骚》是两个主要源头。正如长江大河，发源于高山深处的两眼奇美的山泉。《诗》即《诗经》，《骚》有两个意思，一个意思即是《楚辞》的别称，另一个意思，就是指《离骚》。

《诗》无疑是北方黄河文化的集成，而《骚》则是南方湖湘文化的表现。《诗》是春秋或更早的产物，《骚》是战国时代的作品。时代不一样、地域不一样，其风格、内容与语言，都有很多不一样的地方。简单比较来说，《诗》往往是四言的形式，篇幅不大，而《骚》则是七言的形式，中间或句末有一个"兮"字，这个"兮"字不一定表明《骚》是歌唱、音乐或口头文学，但一定是起一种或者停顿换气、舒缓节奏，或者长声唱叹、复沓重叠、以加强抒情的语气作用。而且《楚辞》中的《离骚》《天问》等，篇幅都比较长，往往是四言诗的十倍左右。《诗》的内容非常丰富，然而与《骚》比起来，就像一个淑女与一个君子在安分守己地过日子，那种四言与复沓，就给我们一种平稳而岁月静好的感觉，尤其是变风变雅之前的《诗》，而《骚》七言与长篇，有时候仿佛让我们进入一个充满变数与劫难的世界，有时候又犹如一个神女，独自徜徉在超自然的神灵世界，这个世界随处可以遇到预言的女巫、奇花异草、飘飞的游魂、天界的旅行，以及时时追来的死亡阴影。所以《诗》沉稳，《骚》飞动，《诗》现实，《骚》浪漫，《诗》平和，《骚》激烈，《诗》明智，《骚》纠结。客观地说，《诗》对中国文学的影响很大，但主要是现实世界的人情与政治伦常的行为，而《骚》对于中国文学的影响，则是一种家国君臣的痛感、万物有灵的魅惑、唯美的气质与个人发愤而抒情的传统。如果没有《骚》，中国文学或者会少了很多血书的气息、闪烁的灵光与缤纷的异彩！

屈原

  《离骚》是屈原的自叙身世之作，毫无疑问是世界文学史上第一部自传诗体作品。《离骚》不一定是屈原所作，因为直到目前没有发现湖湘地区或其他地区有关于《离骚》的出土文献（当然没有出土文献也不一定就不是屈原所作，先秦不少作品都不见于出土文献）。然而尽管可能是汉人所作，也不影响屈原这个人的真实性，司马迁的《屈原列传》中所写的这个人，肯定是历史上真实的人。那么，即使真的是淮南王刘安所组织的集体写作《楚辞》，也是在真实的人物及文献记载基础上所创作的传记体长诗。但因其第一人称的语气，我们仍然将其视为自传体长诗。何况，在长达数千年的中国文学历史中，《离骚》都是被视为屈原的自传体长诗，这本身已经成为不可否定的"通性之真实"了。

《离骚》写屈原这个人，基本上树立了一个典范：信而见疑，忠而被谤，然而不怨不悔，终于洁身自好，并以死而自我成全。这一人格典范，在现代遭到不少人的嘲讽，视为"愚忠"的典型。这里当然有深刻的古今之变。我这里并不想说：不要拿现代人的标准来要求古人——这种唯历史至上、此一时彼一时、割裂古今的思维，为我所不取——但是我想说的是，任何一个时代，只要有基本的人心准则与人格品质，都不会嘲笑一个自愿用生命来殉自己的理想的人，也不会轻易嘲笑一个死忠于自己的生命共同体，挚爱自己的生命根源的人。现代人的庸庸碌碌、轻薄为文与俭薄小智，不足以言说那些高贵的灵魂。感时忧国、国身通一、以身殉国，这种对于现代人那样琐碎、庸俗、浅小而精致的利己主义的生活风格而言，已经成为遥远而陌生的异响了。

国身通一

　　从一首诗看中国文化精神，《离骚》表明，早期的儒家思想传统如何深深影响了中国文学的重要源头。"国身通一",作为屈原《离骚》的核心思想,其意义是,诗人不是一般的人,要做一个诗人,首先是一个志士,以一己生命通于国族大生命。正如孟子说:"天下之本在国,国之本在家,家之本在身。"(《孟子·离娄上》)《诗大序》说:"以一国之事,系一人之本。"中原儒家思想,虽以"天下之道",重于一国一姓之利益,但也表明,诗人首先应是担当民族国家兴亡重任的志士。屈原说:"惟夫党人之偷乐兮,路幽昧以险隘。岂余身之殚殃兮,恐皇舆之败绩。"(《离骚》)又说:"受命不迁,生南国兮;深固难徙,更壹志兮。"(《九章·橘颂》)正是"国身通一"。《离骚》,既是他个人的生命史,又是他命命相连的楚国国史。而南方文化的核心思想,却是"国"与"身"打成两截的。南方荆楚文化的代表人物,道家有老子、老莱子、文子、鹖冠子、长卢子;农家有许行;天文家如唐昧;兵家如范蠡、大夫种;阴阳家如南公;杂家如尸子、陈良等,儒家人物几乎没有。这批代表人物,有两个特点。一是"楚材晋用"(此语见《左传·襄公二十六年》)。如百里奚霸秦,伍子胥霸吴,大夫种霸越,在楚国之外的其他地方，成就了功名事业。甚者如伍子胥，因不为楚平王所容而出奔吴国，辅佐吴王"破强楚"，吴兵攻入楚都时，竟掘开平王坟墓鞭尸，最是所谓"楚材晋用"的典型例子。屈子之生命精神形态，已与他这些先辈文化名人大异其趣。清人刘梦鸥说：

> 屈子以彼其才，游诸侯，何国不容？死而不以自悔，中有所不忍故也。……竟报复之私情，鲜忠孝之至性，予于申包子胥无取焉。
>
> （《楚辞章句序》）

因忠孝之至性，而有"国身通一"的执着，国也罢，家也好，植根于不能已的生命欲求，此正是中国儒家的品性。道家人物楚产最多。庄子虽宋蒙县人，大半生的活动乃在楚地，亦可算南方荆楚文化的代表人物。道家文化是南方文化的精英。与北方中原文化最大的不同，即避世与游世的人生态度。老子是最明显的代表。与屈子同是南方人，同是史官，也同样受巫文化的熏陶，也写了五千言的诗歌哲学，但是老子那么冷静，屈子却那么热情。老子终于骑着毛驴，顺着流沙河之西走了，屈子却抱石沉江。如何解释？至少可以说，屈子的品性，热烈而执着。王国维在《屈子文学之精神》一文中，称南方学派为"冷性派""个人派""遁世派""知实践之不可为能，而即于其理想中，求其安慰之地，故有遁世无闷，嚣然自得以没齿者矣"。又称北方学派为"热情派""国家派""入世派""往往以坚忍之志，强毅之气，持其改作之理想，以与当时之社会争""而屈子南人而学北方学者也""彻头彻尾抱北方之思想"，所以有最肫挚深邃之情感为之素地，所以能成就一位伟大的诗人。屈原在中国文学上的意义，正是第一次融合了南北，将求美，与求真、求善化而为一；将刚健坚毅，与缠绵悱恻化而为一；将家国与个体生命，化而为一；将现实人生，与虚拟人生化而为一；将苦痛与疗治、病与药化而为一，这在中国文化思想史上，也具有重大意义。

守死善道

　　《离骚》的价值，不仅是文学价值，更成为传统政治思想的美学表现，典型地完成了一种政教文学，因此具有文化上的不朽。屈原所处的时代，是中原文化由宗教精神渐次僵化衰朽之际，嬗变为普世的道德精神。儒家远绍尧舜，近法文王周公，以其高明人格与德业功绩，创建民为邦本的制度与正德利用厚生的政治传统。这是由人性善的终极关怀而合乎逻辑地导出的政治精神。屈原完全倾心于此，其"美政"的基础亦由此而来。"汤禹俨而祗敬兮，周论道而莫差。举贤才而授能兮，循绳墨而不颇。皇天无私阿兮，览民德焉错辅。夫唯圣哲以茂行兮，苟得用此下土。瞻前而顾后兮，相观民之计极。夫孰非义而可用兮？孰非善而可服？阽余身而危死兮，览余初其犹未悔。"（《离骚》）这是屈子表明政治思想的最重要的诗句。其中涵义为：第一，其政治思想的统系，楚国理想政治的源头，乃在儒家所开示的禹汤文武周公的道统。正如刘梦鸥氏所说："夫屈子之志，以谓忠君爱国，伤谗疾时，宗臣义不忍去，人皆知之；而不知屈子抗怀三代之英，一篇之中，反复致意，其孤怀独往，不复有春秋之宇宙也。"（同前引文）这正是说屈子超越了自己家族的集团利益，而系心于"三代之英"的文明与文化的基本价值。第二，此一道统的核心，乃在"天视自我民视，天听自我民听"（《尚书·泰誓》）；乃在"天命靡常，唯德是辅"（《诗经》）。表明屈子对儒家思想的实质，有根本的把握。第三，此一大段的前面，历数夏启、后羿、桀、纣等昏君、暴君亡国的史实，此一段之中，又特为提出古今成败之根本准则（"计极"，即"极则"，采游国恩说），乃在于行仁道，即"善"与"义"，这是儒家大义中的"君权有限合法性"的思想的体现。这是屈子并非"愚忠"的有力证明。王逸注"夫孰非义而可用"二句，误指屈子之意为"言世之人臣"，这是王逸在汉代专制政治下，士人扭曲人格的思想烙印。后世注家如汪瑗等已纠驳之。第四，屈子末句所表达的择善固执、守死以道的精神，亦来自儒家的思想资源。孔子说：“朝闻道，夕死可矣”；“志士仁人，无求生以害仁，有杀身以成仁。”（《论语·卫灵公》）曾子说：“仁以为己任，不亦重乎？死而后已，不亦远乎？”（《论语·泰伯》）孟子说：“志士不忘在沟壑，勇士不忘丧其元。”（《孟子·尽心上》）又说：“生，亦我所欲也；义，亦我所欲也，二者不可得兼，舍生而取义也。”（《孟子·告子上》）屈子的精神，正以儒家仁人志士精神为一。清人奚禄诒《楚辞详解序》云：

> 屈大夫非辞人也，王佐之才也。不幸生衰楚，不忍见其宗社之狐祥，自沉于汨。心比干之心，而道周公之道也。……其要旨归，六经之义遗焉。其上陈天道，函刚健中正之则。负宇负宙，旁通其情，则几於《易》者也。称先王，恤兆民，拨乱之意，归于仁义，则几于《书》者也。忧心愀愀，续四始五际之变，哀而不伤，达于事变，而怀其旧俗，则几於《诗》者也。国之大事，居之以慎，伸君子，抑小人，比物类情，而志存乎经世，则几於《春秋》

者也。放乎江介，过自检束，洁衣冠，尊瞻视，三纲九法，郁结于胸中，则几於《礼》者也。感物而动，声成文，律谐声，廉直道杀之音，资於六所所则几於《乐》者也。

充分说明，屈《骚》与"六经"相通，已经超越了我们所说的诗人，跻身于圣贤英雄豪杰之列。

反复缠绵

由于屈子以天才的语言创造能力包举其抒情素质，使他极成功地表达了自我内心冲突与内心思考的一切极幽细深曲的过程，因而《离骚》并非只是惟屈子自己才能理解的"隐秘语言"，而实有其内在脉络可寻。

前人说，《离骚》最大的特征"总杂重复"，但是这样的重复，是一种反复缠绵的抒情语言方式，类似于口语文学的重叠与音乐文学的回旋。有时候看起来句子是相同的，但是诗意自有各别的区分，并非同义的重复。有时候貌似意思重复，其实是语重心长的强调。有时候字有重复，句有重复，所提到的植物与事物也有重复，然而诗意却不重复。《离骚》的重复艺术，使有的学者怀疑不是写在竹简上的，因为竹书一定要简明。节省语言，用最少的字，表达最多的意思，而《离骚》违反了这一原则。由此可见，中国文学语言传统的含蓄简练，只是一方面，在文学发源的早期，就已经有了另外的倾向，即长言繁复的传统，即更多来自于口语表达与音乐文学的传统。后代的骈文、赋以及歌行文学、讲唱文学，其实都是《骚》的传统即《楚辞》的传统。

《离骚》毕竟是伟大的文学作品，不是神经错乱者的呓语。我们不仅要从审美心理学的角度，来分析文句语辞的重复现象，如何恰恰表现了情感心理的反复投射、郁结焦虑和人格特征，而且更要从文学创作的角度，来理解其中的抒情诗的特点。不仅视重复现象，为透视屈子内心世界的一个重要的方式，更进而从这一切近的角度，探究这篇杰作的由文化生命而诗性世界的独特创造。

求女

求女是长诗的一条线索。主人公上下四方，求他的所爱，是以美人比喻贤明的君王与知己的友人（有女性出来劝说诗人）。《离骚》中最能体现作者独特创造的地方，是三个虚构女性人物——女嬃、灵氛、巫咸——与长诗中抒情主人公的对话。他借这三个人物，充分展示了诗人的内心矛盾与冲突。三个人物中，女嬃的语意最明白，是诗人假设来责备他自己的，不容易与另外两人相混。女嬃有姐姐、妹妹、侍妾、女巫、贱妾（党人）等说法；游国恩说是"楚国妇女之通称"，较为合情理。女嬃责备诗人的话，有两个意思：一是刚正直磐者没有好下场，鲧死于羽之野，就是古已有之的先例，你又何必这样固执你的理想？二是举世混浊，众人皆醉，天下人朋比为奸，你又何必如此高洁？如此独往独来？诗人没有回答女嬃的话，其实诗人正是通过女嬃这一虚构人物

　　　　　　　　　　　九首古诗里的中国

的口，从反面强烈地表现出他自己的冤屈莫白、愤激、孤傲以及举世而莫己知的无限悲哀。以一虚构人物的设问来否定自己，是长诗情感运行中的大跌宕、大回旋，比直抒胸臆，其情其气更为厚重深长。

灵氛与巫咸，则都是诗人假设来劝说自己的两位神巫，二人的话题极易相混，如灵氛说：

> 两美其必合兮，孰信修而慕之？思九州之博大兮，岂惟是其有女？

劝诗人说，两个美好的人，一定会有遇合的，九州如此之大，谁说只有楚地都有女子？又如巫咸说：

> 勉升降其上下兮，求矩矱之所同。……苟中情其好修兮，又何必用夫行媒？

表面上看起来，二人话题内容没有太大差别，尤其是倘若将"上下"一语解为"上下求索"，则无论灵氛或巫咸，其劝说大意皆是要诗人远走高飞，离开楚国这样一个污浊的地方。但是如此一来，不仅长诗出现极严重的重复、累赘，更糟的是，后半篇更是成为同义反复的呓语而至不可解。其实，灵氛与巫咸各有各的话题，并不重复。灵氛的主旨是劝说诗人离开，九州之大，哪里只是楚国"有女"（女喻贤君贤臣）呢；而巫咸的主旨，则是忠告诗人留下。"行媒"即暗指上文灵氛语中"岂惟是其有女"，是针对灵氛的话而言的——何必用夫行媒，即何必到处去求遇合。接下来巫咸的话中所提到传说中的古代圣贤，如伊尹、咎繇、傅说、吕望、宁戚，都是不求而自合者，巫咸所表达的意思，正是中原儒家的传统信念：贤者不怨天尤人，自修其德，姑留以待时。因而，"升降上下"应是同义词反复，等于说：姑且俯仰浮沉，忍而暂留此地，不必辛辛苦苦远走他乡以求知己。其实，诗人屈子正是借灵氛与巫咸二位神巫之口，以诉说他内心极痛苦的两难矛盾处境：一方面他自信两美必合，表达他想飘然离去楚国的心情；另一方面，他又坚信自己的初心，不应改变，所以他又怀疑抛弃故土的想法是不对的。何去何从，诗人内心实在充满矛盾，去与留，两股情感冲突很剧烈，直至终篇且未能平息。因而，区分灵氛与巫咸的话题内涵，不仅是疏理后半篇情感主线的极关键处——一误之后，情感线索遂混杂而不可分，屈子的内心冲突亦蔽而不彰了——而且是理解通篇大旨的关键。《离骚》之所以为"欲去而不能去的苦痛"，大半即由于此中的情感张力。《离骚》为千古文学之祖，后世的中国文学之所以有一种"欲去而不能去"的抒情传统，也是由于这种精神源头。

神游

我们从当代出土的楚帛书帛画，以及画像石（徐州画像石博物馆最多）中可见，南方的楚国人有极为丰富特异的灵性生活内容。即，梦幻、神游、奇想、灵思的精神生活特为丰富，交感思维、连类思维特为发达。我们现在把这个特点称为"巫风"。其实现代人这方面的思维能力已经大大萎谢了，因而不能进入《楚辞》与楚文化的世界。长诗的第十四章，从"灵氛既告余以吉占兮"，到"蜷局顾而不行"。两段皆有灵境的游历活动，有驾飞龙、乘玉鸾的描写，有"朝发""夕至"的句式，皆有幻想中的神仙意象，或是"望舒""飞廉"奔属，或是"九歌""舞韶"相娱。表面上看来，皆是写上天入地的神游。但这两段文字意思绝不相同。前者之所以写幻境，乃是听了女媭的责备之后，去向舜陈述自己的心曲，冥冥之中，与灵境相通了。其中出现的地名，如苍梧、悬圃、崦嵫、咸池等，都是神话传说中仙界的地名。而"朝"与"夕"句式，表明诗人心中巨大的悲愤与冤苦，急不可待地想向神仙们倾吐。这时他还抱有一线希望，希望天变能主持公道，希望当代君主能改恶从善。这是现实世界的求索失败，悯悯不甘的一份执着，转而求之于神仙世界。而后一段虽也写幻想中的遨游，却是表明由于自己不听巫咸的话而甘心忍受屈辱，要听灵氛的话，去周游列国："吾将远逝而自疏。"尽管也有仙界地名、神灵随从、乘龙驾鸾，但已绝无前一段中那种急切、不甘、希望若断若续的心情，而表达无限的日暮途穷之悲，一种貌似热闹繁喧，实则苍凉彻骨之意。在仙乐飘飞、丝管纷会之际，忽然瞥见下界的"旧乡"，诗人又从虚幻的遨游中，回到离不忍离的痛苦心情。两段"神游"，一则情感旋律呈上升趋向，一则情感旋律呈飘坠趋向，名同而实不同。全诗之所以创造此两段神游，既是为了浓墨重笔抒爱国怀乡之情，更是为了突出其中的悲剧性：因为美好，而更加可悲。

众芳芜秽

《离骚》中写了大量的花草意象。其中，芳花香草的衰败感叹，有明显的两处"重复"：第一次提到时说：

> 余既滋兰之九畹兮，又树蕙之百亩。畦留夷与揭
> 车兮，杂杜衡与芳芷。
> 冀枝叶之峻茂兮，愿竢时乎吾将刈。虽萎绝亦何

伤兮，哀众芳之芜秽。

第二次说：

> 兰芷变而不芳兮，荃蕙化而为茅。何昔日之芳草
> 兮，今直为此萧艾也？
> 岂其有他故兮，莫好脩之害也！

这两段也是句式同、词语同，而表达的意思绝不相同的典型。前者涉及屈子生平中一件大事，即后世常称屈子为"三闾大夫"。此一官职的内容，所谓"三闾"，即屈、昭、景三姓聚居之所；"大夫"即掌管教育的官职名称。屈原曾从事过教育培养公族贵胄子弟的工作，他对北方中原文化的学养，正是由此而来。他所担当的贵族子弟教育职责，即这里所说的"滋兰""树蕙"，无比重大。第一次的"萎绝"与"芜秽"是两个层次；"萎绝"是枯萎凋落，是遭受不幸打击而伤心伤怀；而"芜秽"则是变节、堕落，是经不住环境的诱惑，自甘与臭

腐为伍，甚至与恶草同为祸害。屈子笔下，或许有具体的人事所指，但已不可考知，只可体会出其中的感慨。

第二次提到"众芳芜秽"，则是在诗人听了巫咸一番要他隐忍以留的劝告之后。这时的情感已大不相同。已全无"哀"的心情，充满了对原先的明智之士，随着政治黑暗而变节堕落，污秽遍世、满目萧艾的愤激情绪。不仅如此，他还明确点出原因在于"不好脩"。清人贺贻孙《骚筏》说："变与不变，是《离骚》通篇柱子。"这是颇具识力的卓见。屈子之所以要重复强调"众芳芜秽"这一意象，正是与他所深刻体会到的一个重要道理有关：现实政治的黑暗与人在此一黑暗现实中的生命脆弱性。滔滔天下皆是者，"变"者也；"不变"者，唯有屈子一人而已。屈子点明一个"好脩"，即点明了他的人格中最自尊，最执着，最刚硬，也最宝贵的品质。中国古代士人人格，不像西方知识分子那样有基督教的上帝作安身立命之地，有基督教一系列外在的宗教仪式来把持、支撑其现实生命，他们只有靠内在精神的修养来支持其现实生命精神。倘若一旦内在心源没有了一份自觉自发的向上精进与内在修持的功夫，人格就站不起来，就没有根，就易于被外在的权势或诱惑所左右。知识人之来到世间，就是要不断地自己养护自己、自己修炼自己、自己振作自己，这就是中国儒家所说的"以道自任"，以及"为仁由己"。《离骚》从来不只是一部文学作品。从"变"与"不变"来读《骚》，正是从根源处读出屈子所传承的中国文化人格生命精神的大境界。

死亡

"死亡"是《离骚》的主旨之一。清人吴世尚说："《离骚》反复千余言，原不过自明其本心之所在耳。原之心乎楚，存殁以之。所谓天不变此心不变也。天不变此心亦不变也，故余于《记骚》止概以三言。曰：不去、曰死、自信。"（《楚辞疏叙目》）长诗多处提及死亡，顺序如下：

（1）虽不周于今之人兮，愿依彭咸之遗则。

（2）亦余心之所善兮，虽九死其犹未悔。

（3）宁溘死以流亡兮，余不忍为此态也。

（4）伏清白以死直兮，固前圣之所厚。

（5）虽体解吾犹未变兮，岂余心之可惩。

（6）阽余身而危死兮，览余初其犹未悔。不量凿而正枘兮，固前脩之菹醢。

（7）既莫足与为美政兮，吾将从彭咸之所居！

集中在一起看，几乎没有什么变化，皆所谓"自矢决绝之词"；然分散于具体的上下文中，仍有其各别的文脉文义。如（1）与（7），都是说效法彭咸，但一说"遗则"，效法其谏君不止的志行，"死志"作为隐含意；一说"所居"，"死志"却成为主旨，文义轻重不同。张惠言说："彭咸之遗则，谓其道也；彭咸之所居，谓其死也，不可混看。"（见游国恩《离骚纂义》，下同）不可混看，也不可单独看。（2）是择善固执，终不悔恨的刚大之气；（3）是蔑视俗世，宁死不污的狷介之志；（4）是从容死志。方苞说："前言九死不悔，问之己心而以为安也；此则质诸前圣而无所疑。其所以处死之道盖审矣。"

王远说："……承彭咸遗则而来，遂三言死志，修姱之好，九死不悔；工巧之态，宁死不为；清白之守，非死不安。熟思详审于处死之道，怨而不怨，哀而不伤。"这正是貌似词重意复，神则语重心长。（5）句如游国恩说："体解应释为支解，泛指为死，不足以显其意气。体解为倒装句法，言吾虽体解而犹不变好姱之初志也。意重体解，故以先主语也。"它是加重的写法。（6）是回答女媭的话，深信其将不免于前姱之后尘，适如女媭所说的"终然夭乎羽之野"。（7）句承"已矣哉！国无人莫我知兮，又何怀乎故都"而来，一为吞声而怨，一为放声而哭，以了结生命的决绝之词，将全篇万千悲情苦绪，一并束起。

骚言志

"骚言志"更明白地突出了诗歌植根于个体生命的心灵特性，这是《诗经》几乎没有的新特性。正如《思美人》："窃快在中心兮，扬厥凭而不竢。芳与泽其杂糅兮，羌芳华自中出。纷郁郁其远蒸兮，满内而外扬。"朱熹注："又乐其所得于中者，以舒愤懑而无待于外，则其芬芳自从中出，初不借美于外物也。"（《楚辞集注》）其实朱熹的注解，偏于道德一面，还没有表达出屈子本来意思中"自足于内，不待外求"的一层涵义，即自快于心、自我表现的高度真实。孔子孟子说诗，都偏重于强调美善因素，"真"的因素并不突出。到屈子这里，"自中出"，"满内而外扬"，"忠"（出于中心），"中情"等语一再重复出现，皆不仅表示对君王的尽忠，更显出情文一体的高度真挚感。屈《骚》为什么那么多的"重言"，反复吟诵，千回百转，为什么有那么多的批判、指斥、甚而诅咒、唾骂，皆因为此一份极端的真挚。屈《骚》中为什么有那么多幻想、神游、梦思、迷境，也是这种真挚感的需求：他需要自己的升华，以此去感受真实的自我中一切美质与迷魅。甚至，他特有的遣词造句，都往往体现出鲜活当下的心灵之真，以《离骚》中的一个句子为例：

忳郁邑余侘傺兮，吾独穷困乎此时也。

　　值得细究的是：一，两句中出现重复两个主语（余、吾），二，主语"余"不居句首而居句中。这两个具有强烈的主体个人感受的语言形式，可以说都是屈子所特创。从《离骚》下文"延伫乎吾将反""曾歔欷余郁邑"，以及《惜诵》中"心郁邑余侘傺"等句都可以证明，凡主语不居句首而居句中，上下文所表现的心情皆极动荡、极苦绪无端，极愁思莫解，是剖心洞腑的文字。

　　由强烈的真挚情感的抒发，就是司马迁所谓"劳苦倦极，未尝不呼天也；疾痛惨怛，未尝不呼父母也"。（《史记·屈原列传》）中原儒家诗学，主张温柔敦厚，乐而不淫，哀而不伤，而屈子的"发愤抒情"、怨怼伤心、烦冤号呼，显然突破了儒家诗学讲究的中和原则，创造了激楚之音的歌哭美学。

　　再进言之，"骚言志"总是连带着当下的"身体感受"（心身一体）、"身体承当"。除了极端时的手舞足蹈，"诗言志"是没有多少"身体"参与的。而"骚言志"的过程与结果，则是"病""憔悴""气结"等肉身承受的苦难症状。屈子描写此种身心痛苦：

> 背膺牉以交痛兮，心郁结而纡轸。（《惜诵》）
> 郁结纡轸兮，离愍而长鞠。（《怀沙》）
> 悲回风之摇蕙兮，心冤结而内伤。（《悲回风》）
> 伤太息之愍怜兮，气于邑而不可止。（《悲回风》）
> 心鞿羁而不开兮，气缭转而自缔。（《悲回风》）

如果仅将这些句子视为"文"，那就不能懂得屈原；如果仅将这些句子说成情感心理，还是未免太轻描淡写。王逸用"病"来释"愍"字，正是古人的正解：身心一体观。屈原的心理磨难，清楚地显示为"疼痛"。他是那样一种人：太剧烈的感情，又连带着太细腻锐感的神经；时刻感受着、旋转着、燃烧着，浓得化不开；对于身所遭逢的不幸，要表达、要诉求，而且要充分地戏剧化、诗化地、也是近乎神经质地表达与诉求，既不压抑自己，也不趋避苦难。屈原绝不是那样一种诗人：永远只是心灵的某一层面局部的刺激与游戏；或永远只满足于静观的玄想。他不仅用冷静理性的思想触角，而且还用血液中的全部爱欲与痛苦，用生命中的全部力量来不停止地投入创作危险。王国维说："一切文学，吾爱以血书者。"屈子的诗歌，是中国文学第一次明确自觉的"血书"。或许，尼采是对的："我现在既不是精神也不是肉体，我在整体上承受痛苦。"

在屈子的诗学中，对自我身心世界的强烈、紧张的关注、开掘与表达，大大丰富和发展了"诗言志"的传统。可以说，某种意义上，屈原既是为了理想、信仰而忍受痛苦，同时也是在承受身心苦难的过程中，展现了道成肉身的大美。屈子昭示了后人，人在"病痛"之中而变得越来越深情、执着、细致、有操守。身心的受难使得一种深深掘入内心体验的诗学，多多少少改变了太理性化的"诗言志"传统。

小结

由此可以论《离骚》的艺术境界。重复咏唱，所谓
"言之不足，故嗟叹之；嗟叹之不足，故咏歌之；咏歌之
不足，不知手之舞之，足之蹈之"，是《诗经》中风诗雅
诗的共同特征。风诗的复沓唱叹，是风神摇曳、情韵飘
渺之美，《离骚》兼而有之；雅诗的复沓唱叹，是沉郁顿
挫、往复回环之美，《离骚》则加重加长加倍。前人称
《离骚》的特点，是"纠缠郁塞，往复再四"；是"芬芳
悱恻"；所谓"骚本风人悱恻之义，而沉痛言之"；"起伏
断续，顿挫回环，洋洋洒洒，滔滔汩汩，极文人之能
事"。往复回环之中，其情其境，或凄紧，或从容，或富
丽，或穷蹙，或怨慕，或激烈，或如哀猿夜叫，或如旃
檀香焚，或似琪花绽蕊，或似古柏参天。百转千回地写
出了屈子的全部人格世界。骚雅同源而异流，乃是文学
中的人文精神进一步向高、阔、深度拓进，是由抒情的
自觉，进而表达全部人格的自觉、投入全部人格于诗的

自觉。没有屈子这个人，《骚》便流而为"文丽用寡"的赋体文学，朱熹《楚辞集注》之所以不取后人作品，正谓："《七谏》以下，词气平缓，意不深切，如无所疾病，而强为呻吟者。"（《郡斋读书记》附赵希弁《附志》引）屈子承续风雅精神，进一步提升中国诗歌的人文品质，结实奠定了中国诗歌的人文精神基石，这是《离骚》的大境界。

桃花源诗

陶渊明

嬴氏乱天纪，贤者避其世。

黄绮之商山，伊人亦云逝。

往迹浸复湮，来径遂芜废。

相命肆农耕，日入从所憩。

桑竹垂馀荫，菽稷随时艺；

春蚕收长丝，秋熟靡王税。

荒路暧交通，鸡犬互鸣吠。

俎豆犹古法，衣裳无新制。

童孺纵行歌，班白欢游诣。

草荣识节和，木衰知风厉。

虽无纪历志，四时自成岁。

怡然有余乐，于何劳智慧？

奇踪隐五百，一朝敞神界。

淳薄既异源，旋复还幽蔽。

借问游方士，焉测尘嚣外。

愿言蹑清风，高举寻吾契。

（陶渊明《桃花源诗》）

这是古典中国的一个美妙而神奇的故事。

东晋太元年间，某日，武陵郡那个地方，一个渔夫顺溪水行船而下。不知划了多久，忽然遇到一湾溪水，两岸竟是一大片繁花照眼的桃花林子，长达几百步，而溪边的芳草鲜嫩，落满了美丽的花瓣。渔人惊异莫名，继续往前行船，想划往那林子的尽头。

桃林的尽头就是溪水的尽头，水不见了，出现一座山。山脚有个小洞口，洞里仿佛有点光亮。于是渔夫下了船，从洞口进去。里面仅容一人，艰难走几十步后，终于一下子变得开阔明亮了。出现在渔夫眼前的，竟是

一片平坦宽广的土地，整齐的村舍，肥沃的田地，泛着
涟漪的池沼，旁边有桑树竹林之类。田间小路交错相通，
鸡鸣狗叫此起彼伏。人们在田野里来来往往、耕种劳作，
男女的穿戴跟外面的世人完全一样，只是，老人和小孩
们个个脸上都有开心的笑容。

　　看到渔夫，村民们非常惊讶，问他从哪儿来。渔夫
详细回答。有人就邀请他："来吧，你一定饿了，到我家
里吃饭吧！"然后开酒、杀鸡来款待他。村里的人听说来
了这么一个人，就都来打听消息。他们自己说，当年他
们的祖先，为了躲避秦时的战乱，领着妻子儿女和乡邻
来到这个与人世隔绝的地方，渐渐觉得这个地方过日子
很好，从此便没有人再出去，因而跟外面的人一直断绝
了来往。他们问渔夫，现在外面是什么朝代？他们竟然
不知道有过汉朝，更不必说魏，还有晋了。渔人把自己
知道的事一一详尽地告诉了他们，听完以后，他们都感
叹唏嘘不已。其余的人各自又把渔人请到自己家中，都
拿出好酒好饭来款待他。渔人停留了几天，向村里人告
辞离开。村里的人对他说："我们这个地方没有什么好讲

的，不要对外面的人说起啊！"

渔夫出来以后，找到了他的船，就顺着旧路回去，有心的他，一路上处处都做了标记。到了郡城，到太守那里去，报告了这番经历。太守立即派人跟着他去，寻找以前所做的标记，然而所有的标记都找不到，终于迷失了方向，好像一个梦似的，再也发现不了通往桃花源的路了。

南阳人刘子骥是个志向高洁的隐士，听到这件事后，也曾积极计划前往。但没有实现，不久因病去世了。此后，就连问桃花源路的人都没有了。

这个故事，就是陶渊明写的散文《桃花源记》，写完这个故事，还不过瘾，他又写了一篇《桃花源诗》。一般人都只晓得这个故事写得精彩，但是诗也非常好，是陶渊明最有思想光彩的诗歌之一，也是中国诗歌史上，最有思想力的诗歌之一。

古往今来，世界上不少作家，都写过类似的故事：有一天，一个人进入一个密室，或上了一个小岛，来到一个仙界，发现一个灵境，忽然看见另外的一个世界，跟一般人所生活的世界又同又不同，相互平行而又互不相干的一个世界。或在地心、或在海底，或在高山，或在深林，或就在房间的某个角落。好多作家都写过这样类似的故事，写得认真，这表明，在人类的内心深处，对所生活的现实，有着太多的不满与失望，有着共同的冲动，超越这个现实世界的永恒的冲动，一个幽灵，乌托邦的幽灵，永远在人类心中徘徊游荡。大概人类是所有的高等动物中，最富于乌托邦想象力的一种动物。

神仙

　　首先要校正现代人的一个观念是，古代中国人的神仙，不是灵魂的事情，也不是死后的世界。顾颉刚说："他们想不到争取自由，只得变成一种鬼，浪漫游戏于人间，像战国以来所说的仙人。……他们会不要这身体，将灵魂从身体里解放出去，得到一种自由。"（《秦汉的方士与儒生》）以及闻一多说："人能升天，则与神一样，长生，万能，享尽一切快乐，所以仙又曰'神仙'……"

（《神仙考》）都误解了"神仙"。真实的神仙是"活神仙"，不是死后升天的快乐世界。更早的时候，神仙是一种古医学（参见《汉书·艺文志》之《方技略·神仙》，汉代医家李柱国校），古老的神仙学内容有：服饵、养气、炼丹、导引等（参见王叔岷《列仙传校笺》、王尔敏《秦汉时期神仙学术之形成》），某种意义上，是古代的身心科学。总之，神仙是与现实社会相并行的一种人或社会，神仙是一种古老的修心养身术，以及懂得这种修心养身之术的特别的人。因而神仙并不是离开这个现实世界遥远的另类。这样看，才能理解《桃花源记》所描写的人事，背后其实有一大深厚的传统。其实在作者的写作意图里，也有这一大传统支撑着，他真的相信桃花源存在，是一种非虚构的文本，用今天的话来说，应该归类为现实主义文学，只不过，采取了特别的叙述法。

乱世人生的端然

陶潜的这个桃花源，跟一般的仙界灵境故事有很大的不同。第一，它有不变化的具体时代与历史。容后论。第二，它没有指向神灵，没有突出非人间的因素。譬如，中国烂柯山的故事中，好一盘下不完的棋，以及腐烂的那把斧头，都是非人间的；譬如《爱丽丝梦游仙境》中的那个奇幻仙境，都有神仙在场，不是我们生活的这个世界。而桃花源里面的房子就是我们的房子，田地就是我们的田地，人情就是此世的人情，酒菜就是日常的酒菜。"相命肆农耕，日入从所憩。桑竹垂馀荫，菽稷随时艺。"是一个很正常的农家乐的村子，然而正是由于乱世人间的不正常，才使得桃花源里的平常与端然，显出一种反而陌生化的、不同寻常的魅力。这种以正常为陌生，以端然为传奇的写法，正是对于乱世人生的隐含的批判。

第三，它没有强调男女相遇。往往仙人相遇，背景是追求爱情自由，这个主题中外都有。如中国的刘阮入天台山的故事，其中也有桃花林子。《太平广记》卷六十一引《神仙记》："刘晨、阮肇入天台山采药，远不得返。经十三日，饥，遥望山上有桃树，子熟，遂跻险援葛至其下，啖数枚，饥止体充。……遂渡山，出一大溪。溪边有二女子，色甚美，见二人持杯，便笑曰：'刘阮二郎捉向杯来。'刘阮惊，二女遂欣然如旧相识，曰：'来何晚耶？'因邀还家。……归思甚苦。女遂相送，指示还路。既还，乡邑零落，已十世矣。"刘义庆《幽明录》中亦有记载。强调的是，二女色甚美，欣然如旧相识，以及"来何晚"，分明带有艳情文学的浪漫想象。而陶潜的桃花源故事完全没有性别叙事。展示的是老少同乐、男女无差别，"童孺纵行歌，班白欢游诣"的平等社会。这就使它的乌托邦意味更浓厚，更具有普遍与永恒的经典性。

真淳

正如《归去来兮辞》中所说的："悦亲戚之情话，乐琴书以消忧"，亲亲之爱，亲心相通以及如亲人一样的朋友真诚信任的心灵价值，这样的生活，是"淳"。然而，"奇踪隐五百，一朝敞神界。淳薄既异源，旋复还幽蔽。

借问游方士，焉测尘嚣外。愿言蹑清风，高举寻吾契。"
当这样的世界遭遇了伪的游方之士，即在规范与教条中
虚假生活的人，是完全不能契合的。因而，它没有留下
进一步沟通联系的可能性。即它是一种拒绝的姿态，否
定了现实人的世界。为什么呢，桃源人善良、淳朴，对
渔夫很好，用最大的善意款待他，然而渔夫背叛了诺言，
将不可告诉世人的消息走漏给官家，背叛了桃源人的信
任，这是最不能容忍的背信弃义行为，因而桃源人以一
种决绝的方式，重新关闭了通往现实人间的渠道，这也
是陶渊明对于现世人间虚伪、狡猾与奸诈的最大的否定。

劳动

　　重新发现劳动的价值。"相命肆农耕，日入从所憩。
桑竹垂馀荫，菽稷随时艺。"躬耕自足，是对儒家道统的
重大补充。原始儒家的人格形态，有一大缺陷，即由于
重知识、重道义、重文化，而轻视了生产实践。这其中，

有对于隐居人反智倾向的拨正，是有相当的意义的。但毕竟他们现实的生命，缺少一种真实、日常的安顿。观孔子与荷蓧丈人的对话，孟子与许行的对话，即可见出此一种缺陷。孔子孟子，毕竟以其讲学授徒的教书工作，换取其衣食的最终依托。但是，一旦时风、社会，不存在此一讲学的条件，知识人将如何安顿其自由生命呢？原始儒学由于未能解决此一大问题，于是潜在地导出了后世知识人向权力的曲而求伸，甚至以经学缘饰政权。质言之，这是"道统"不能保证其本然清净，道统被政统污染的隐性根由。至陶渊明，此一大难题得以解决。陶渊明明确将孔子视为异端的长沮桀溺等人，奉为心源之正宗，他在《癸卯岁始春怀古田舍二首》之一中，歌颂荷蓧丈人："是以植丈翁，悠然不复返"；又在《庚戌岁九月中于西田获早稻》诗中云："遥遥沮溺心，千载乃相关。但愿长如此，躬耕非所叹。"并且在中国思想史上第一次讲出了这样平实的真理："衣食当须纪，力耕不吾欺""人生归有道，衣食固其端。孰是都不营，而以求自安？"在中国古代知识人的历史中，这几句话可以说是石破天惊。二十余年漫长的农村生活中，他有过饥冻交迫，甚至叩门讨饭的日子，也有过悠然采菊，乐陶陶喝酒的光阴；他真实地种过田，也真实地得到过一份耕种与收获的歆悦。他有时完全像个农民，衣冠不整，带着憨厚的笑容与田夫野老们喝酒聊天，有时又像个孤独的哲学家，神游冥想于大自然与人生的问题中而忘情遗世。他的朋友包括乡间的文人、好心的邻居、一些敬佩他人格的官人，但更多的是秋天里的菊花、野谷中的松树、黄昏时飞往南山的归鸟，以及夏天里那满贮清阴的庭院或南窗下习习的凉风。陶渊明不是没有过矛盾、彷徨、愤激和痛苦，他那"夏日抱长饥，冬日无被眠""造夕思鸡鸣，及晨愿鸟迁"的心酸语，他那"前途知几许，未知止泊处"的沉痛语，以及他那"岂期过满腹，但愿饱粳粮。正尔不能得，哀哉亦可伤"的惶惑语，都极真实地袒露了他隐居生活中的心态种种。但是陶渊明还是安顿了他的生命，在劳动人生中复苏了他的灵魂。陶渊明的人格实践，具有重大的思想意义。一方面，将消极、冷性、懒散的隐士人生形态，转化为积极、乐观、勤生的田园人生形态；另一方面，又将儒家道统，置于一个绝对清净、自本自根的实践人生之上。落实于躬耕之道的生命，是在黑暗的社会中，自己拯救自己，自己护持自己的最好选择。是自由精神由儒道结合而产生的真实意义。

反抗与自由

《桃花源记》与《桃花源诗》，把自由的向往与反抗的思想，结合得很好。芳草鲜美、落英缤纷的桃源社会，与黄发垂髫怡然自乐的桃源人生，表达了在中国文化精神传统中，对于自由无拘、平等安宁的生活向往，对于淳厚的人性、善良的人心、真诚的人情的礼赞。这是一方面。另一方面，桃源社会与桃源人生，又分明表现的是一种政治反抗精神。因为，"自云先世避秦时乱"，已经表明，是对秦始皇以来专制社会的抗议。一般的仙界叙事，完全淡化具体时代、人事与空间信息，抽象而孤立，光秃秃地悬在现实人生的上面或外面，而桃花源诗分明说"嬴氏乱天纪，贤者避其世"，矛头指向中国专制政治的始作俑者秦始皇。这是陶渊明历史的大识见，也是超越一般说神说仙的文学作品的非虚构性，具有文化心灵的真智慧。"嬴氏乱天纪"的"天纪"，即天道，即宇宙人生的基本秩序。一开头就点明了诗人对于暴秦的批判性主题。而"春蚕收长丝，秋熟靡王税"，批判的矛头直指统治集团苛捐杂税的沉重压迫。"淳薄既异源"，非常有思想深度。"淳"指淳厚善良的人心，"薄"指浇薄寡恩的反人性社会，这两者，是完全不同的文化源头；文化源头错了，一切都是悲剧。中国诗歌史上不缺少追求自由、逃避羁绊、向往山林、无拘无束的诗歌，然而向往自由只是一方面，敢于直指秦始皇暴政为专制不自由的源头，敢于直言中国政治文化传统（即所谓"治统"），从根本上就错了，则极为少见，因而更显示了此诗的光彩。

自生自发秩序

最后，它表达了最素朴的自生自发秩序的思想。陈寅恪先生说，陶渊明是一大思想家，不仅是一个诗人，作为思想家，他发明了新自然说，区别于旧自然说。首先，新自然说的"乐夫天命"，不等于"听天由命"。前者是对自己择取的生命方式的自得自乐自信；而"听天由命"，则是面对突然遭遇的困境或得过且过的生命无所发现，也无所作为。前者是主动的人生态度，后者是被动的人生态度。这是一个方面，另一个方面，是尊重自然的自生自发性。诗中说："草荣识节和，木衰知风厉。虽无纪历志，四时自成岁。怡然有余乐，于何劳智慧？"这就表明，诗人所描绘的自由社会，是不受人为的设计与控制，尊重在自然演化与自然生机的过程上不断自我调适的社会。我们知道，旧自然说只是一种养身禁欲的学说，而新自然说保留了老子哲学中最好的成分，更从知柔守雌的立场，转而强调自生自发秩序。千年之后，著名学者哈耶克强调，现代社会思想与理论的整个任务，乃在于这样一种努力，即"重构存在于社会世界中的各种自生自发的秩序"，基于这种认识，哈耶克认为人类有限的理性要想创造复杂的秩序是十分困难的，人造的秩序事实上无法达到复杂性的要求。因此真正合理的秩序只能是自生自发的社会秩序。哈耶克就将人类社会的秩序分为两类，一种是人造的秩序（artificial order），另一种则是自生自发的秩序（spontaneous order）。哈耶克认为，两种秩序有着本质上的差别。后者并不是人为创造的，因而也就不具有强制性与目的性。"并不是由一个外在的能动者所创造的，所以这种秩序本身也就不可能具有目的，尽管它的存在对于那些在该秩序内部活动的个人是极具助益的"。虽然，我们可以认为桃花源思想与桃花源社会，只是一种小农社会，不足以与复杂多样的现代社会相比拟，然而其背后的原理，完全与最重要的现代社会学思想，不尽同而可相通，因为他们的内核，都是反对对于人的理性的有限能力、对于人的设计的权力因素，过于相信，过于天真，过于依赖，因而容易滋生专制与强权的各种条件。"怡然有余乐，于何劳智慧"，因而，"久在樊笼中，复得返自然"，不仅是陶渊明的美学兴趣，而且是思想创造。因而，我们不仅要理解诗人反抗黑暗，辞官归田，不与当时黑暗的上层社会同流合污而热爱田园生活的积极精神；不仅要理解感受他的隐士情怀，其高洁的理想志趣和坚定的人生追求，而且要理解他的思想史上孤明先发的苦心。

自宋代始，陶诗已不止于文学意义，更具思想文化哲学意义。欧阳修盛赞《归去来兮辞》说："晋无文章，唯陶渊明《归去来兮辞》。"苏轼说："吾于渊明，岂独好其诗也哉，如其为人，实有感焉。"罗大经说："渊明可谓知道之士矣。"黄庭坚、胡仔、叶梦得、朱熹、真德秀等，皆如此读陶。有两个方面的自由义涵，消极自由的方面在于打破官场仕途的樊笼、躲避世俗人生的污浊。积极自由的方面在于对大自然美的发现、对自生自发秩序的尊重、对劳动价值的发现；对生命尊严的肯定和对亲亲、仁爱的体认。

影响与变化

自陶渊明之后，桃花源成为中国诗歌的一方圣地、精神之泉。后世的仿写、引用、改编、化用等，成为一大书写传统。而陶渊明的自由精神有不少变体，如唐代张志和的《渔歌子》：

西塞山前白鹭飞，桃花流水鳜鱼肥。青箬笠，绿蓑衣，斜风细雨不须归。

着重描写的是渔父的隐逸生活。《楚辞》中独醒的渔父形象，与桃花源结合，渐渐成了隐者的代名词。在宋代，词人创作了大量的渔隐词，如苏轼《渔父》四首，戴复古《渔父》四首，有的词人甚至是完全化用张志和词中的语句，如徐俯、苏轼、黄庭坚、朱敦儒等。可以看出，"桃花流水"是隐者的美辞。李白的名诗也是如此：

问余何意栖碧山，笑而不答心自闲。桃花流水窅然去，别有天地非人间。

另一传统，是继续写桃花源这个灵境之美，如王维诗：

春来遍是桃花水，不辨仙源何处寻。

这是神仙化、唯美化的自由精神。消解了其中有历史文化真实人生的严肃内容，化而为准宗教的解脱意味。人性与社会的解放变而为心灵"解脱"，与唐代道教文化的广泛影响有关。然而儒家不信这样的传说，韩愈诗云：

神仙有无何渺茫，桃源之说诚荒唐……人间有累不可住，依然离别难为情。船开棹进一回顾，万里苍苍烟水暮。世俗宁知伪与真，至今传者武陵人。

这是世俗化、儒家化的自由精神。一方面不相信，另一方面又能体会其中的美好。一方面企想乌托邦，一方面又不舍世俗。

有时候诗人处于出世与入世的矛盾中，如黄庭坚的《水调歌头·游览》：

> 瑶草一何碧，春入武陵溪。溪上桃花无数，花上有黄鹂。我欲穿花寻路，直入白云深处，浩气展虹霓。只恐花深里，红露湿人衣。
>
> 坐玉石，敧玉枕。拂金徽。谪仙何处，无人伴我白螺杯。我为灵芝仙草，不为朱唇丹脸，长啸亦何为。醉舞下山去，明月逐人归。

"我欲"——"只恐"的句式，已经将欲去还留的纠结表达得很妙。而"谪仙何处""长啸何为"的虚无感，更是入世无奈的写照。思想力度的写作，还是王安石《桃源行》写得好：

此来种桃经几春，采花食实枝为薪。儿孙生长与世隔，虽有父子无君臣。渔郎漾舟迷远近，花间相见因相问。世上那知古有秦，山中岂料今为晋。闻道长安吹战尘，春风回首一沾巾。重华一去宁复得，天下纷纷经几秦。

这是重回陶渊明的自由传统。明确表示对于迄今以来的历史，都是专制的历史。宋诗比较重思想。这是一个典型的例子。

春江花月夜

张若虚

春江潮水连海平，海上明月共潮生。

滟滟随波千万里，何处春江无月明！

江流宛转绕芳甸，月照花林皆似霰；

空里流霜不觉飞，汀上白沙看不见。

江天一色无纤尘，皎皎空中孤月轮。

江畔何人初见月？江月何年初照人？

人生代代无穷已，江月年年只相似。

不知江月待何人，但见长江送流水。

白云一片去悠悠，青枫浦上不胜愁。

谁家今夜扁舟子？何处相思明月楼？

可怜楼上月徘徊，应照离人妆镜台。

玉户帘中卷不去，捣衣砧上拂还来。

此时相望不相闻，愿逐月华流照君。

鸿雁长飞光不度，鱼龙潜跃水成文。

昨夜闲潭梦落花，可怜春半不还家。

江水流春去欲尽，江潭落月复西斜。

斜月沉沉藏海雾，碣石潇湘无限路。

不知乘月几人归，落月摇情满江树。

（张若虚《春江花月夜》）

唐诗的出现，是世界文化史上的奇迹。那么多的天才诗人，竟然产生在同一个时代，那么多优秀的作品，前不见古人，后不见来者。这真是一个神奇的时代。这个时代的精神内核是什么呢？我知道，唐代有兼容并包的文化精神（丝绸之路，以长安为中心，西至罗马，东至东京。各种宗教，和平共处），有世界主义的文化精神（国力极强盛，版图辽阔，经济发达。文化既大胆拿来，又送去主义，元气淋漓、色彩瑰丽），有继承创新的文化精神（秦汉帝国的文化格局、南北朝职官、府兵、刑律等），但是在教科书上，似乎只有这些才是唐诗的文化精神。不是说这些不重要，然而谈到唐诗的文化精神，就只能是"遥想汉唐多少宏放"，我觉得这似乎是一个成见。今天我们都不从这些大地方讲起，诗歌毕竟是关于心灵的事情，我们从唐诗的心灵世界讲起。不是说这些不重要，而是心灵性才更是唐诗幽深处的文化精神。

　　唐诗有两个精神，一是尽才尽气的精神。王建说："惟有好诗名字出，倍教少年损心神"；白居易说的"天意君须会，人间要好诗"，到了唐人这里，好诗才成为一种可以使人终身赴之、类似于宗教信仰一样的美好追求。所以，唐诗有一种尽才尽气的生命强力。另一方面，唐诗又有一种尽心尽情的精神，即中国文化中所说的"感"，人心与人心相感通、感应、感化。现代社会，是一个人心与人心隔阂不通的世界。我有一天看了女儿买的一本几米的《地下铁》，有点唐诗的味道。你看那个小女孩，那样的瘦弱，背着那样大的书包，在空荡荡的地铁里走着，没有人理她。她使我想起唐代诗人在现世的化身。那样的敏感，那样的多情。我想起台湾的新儒家徐复观先生在日本时，也写过地铁，他说地铁有两个特点，一是自己本来有目的，却被人推着往目的走去。二是地铁车厢里，本来是人与人距离最近的地方，却又是人与人离得最远的地方。所以，地铁可以说是现代社会人心与人心不相通的一个象征。所以我讲唐诗的好，总是要对现代生活有一点回应。在现代社会中保留一点唐诗精神，不是风花雪月，不是语言艺术，而是回到唐人的梦，回到可以通而不隔的心，从爱女性、爱小孩、爱老人、爱弱者开始做起。

台湾的牟宗三先生，是对中国文化精神有很深的理解的。他曾经提出一个公式，即心、性、理、才、情、气，这六个字，来把握中国历史的不同特点。有的是尽心尽理的时代，有的是尽才尽气的时代。他的学生，也是台湾的著名学者蔡仁厚教授，更明确地说，唐代人只是"尽才、尽情、尽气"，而不太能够，甚至不能够"尽心、尽性、尽伦"。因此，"唐代（是）'才情气'的世界"。这样的说法，虽然有道理，却有二元论的简单化，将"心性理"与"才情气"，简单地打成两截了。这等于说唐人只知道挥洒才情气，不懂得尽心尽理，这是不一定正确的。其实在才情气当中，就有心性理的内容。心就是良知，理就是天理。杜甫有四句诗："杜陵有布衣，老大意转拙。许身一何愚，窃比稷与契。"这里中国文化有很深的理。第一，中国文化中，人皆可以成尧舜，布衣也可以成圣贤事业。这是高度的道德自主的。要做知识人，就要多少有点圣贤气象。第二，愚与拙，都是正面的价值。其同义词即是诚朴，能如此，就是最大限度爱生命的美好。第三，《孟子·离娄下》："禹思天下有溺者，犹己溺之；稷思天下有饥者，犹己饥之。"这就是人溺己溺、人饥己饥。中国文化中的圣贤精神，内涵就是这个。唐诗有杜甫，有韩愈，可以说，尽情、尽气，尽心、尽理，完全是可以打通的。

现在，有没有一首诗歌，可以把我上文所说的两个特点集中结合在一起呢？尽才尽气，又尽心尽情，让我们读了它，就理解了唐诗的美好呢？如果让我选一首，那就是唐人张若虚的《春江花月夜》。然而《春江花月夜》隐藏着一个秘密。我们一旦破译了这个秘密，也就破译了唐诗的美感特质。破译这个秘密有三个要点，普普通通，人人都能接受：

一、《春江花月夜》一共三十六句，可以看作由九首七言"绝句"组成，根据即是每四句一换韵。

二、九首诗可分为上四首、下五首两大部分。根据是上四首完全不见人，而下五首以人为中心。

三、春、江、花、月、夜五字中，"月"字最重要。每一首都离不开月。"江"字出现十二次，"月"字出现了十五次。更重要的是，正如诗句一开头就说的"何处春江无月明"！"江"从古到今，由表及里，满满地涌动着月光的江。

下面就分为两大部分，解读这首诗歌。

第一部分　宇宙中的月亮

春江潮水连海平，海上明月共潮生。

滟滟随波千万里，何处春江无月明！

　　这里写的是梦一般的缠绵摇漾，春天的长江与大海融融一体的元气绸缪。在这个宇宙的背景，于是有月光犹如精灵，蹁跹起舞了；满缀着波光，无边无际，无障无碍，无所不在！

　　江流宛转绕芳甸，月照芳林皆似霰；
　　空里流霜不觉飞，汀上白沙看不见。

　　春天里雍穆的花林，蓊郁的香潮，月之精灵在这无限透明、美好的宇宙之镜中神游！她在深沉沉的午夜，独自静静地观照着自身的宝相。中国文化中的美的精灵是不占空间的，同时又是无处不在的。

　　江天一色无纤尘，皎皎空中孤月轮。
　　江畔何人初见月？江月何年初照人？
　　人生代代无穷已，江月年年只相似。

不知江月照何人，但见长江送流水。

于是有一个长久以来未能解答的思，于是有一个永无答案也无须答案的天真而稚气的问，于是有一个永无尽头的等待以及等待中永恒的寂寥。然而这个思也罢，问也罢，等待也罢，都在春江花月夜的外面，这春江花月夜犹如一幅古典的山水巨画，不因人的存在而存在，抽象不变而永恒地美，而被我们所凝视。

第一部分，不仅呈现灵性、透明、美丽，而且表现神秘、永恒、无限。可是，面对这样的美，几乎失望了，这是令人绝望的美丽。两相比较，人生是多么难看、多么缺失、何等的有限啊。然而，第二部分，出现戏剧性的转折——

第二部分 人心中的月亮

白云一片去悠悠，青枫浦上不胜愁。

谁家今夜扁舟子，何处相思明月楼？

　　从这里开始人出现了。然而，人与月之精灵，仿佛是一体的，或者化身的。月光下徘徊的思妇，这是同一个灵魂另一面的倩影；思妇想象着游子的扁舟在月光下徘徊，这是同一个天真稚气而美好的等待。这个等待已经落实到了人世间，虽然依然空灵。

　　可怜楼上月徘徊，应照离人妆镜台。
　　玉户帘中卷不去，捣衣砧上拂还来。

　　于是有月光对倩影的依依流连了。宇宙之美的精灵，这时不是一个抽象的存在，多情如此。

　　此时相望不相闻，愿逐月华流照君。
　　鸿雁长飞光不度，鱼龙潜跃水成文。

　　于是月光从女子的心波里脉脉流出，同样的万千惆怅，同样的纯洁无玷。先秦《周易》里所说的"天地万物之情"，正是这个。月光不再空灵、飘渺，月光对人间有了流连顾念。表达的是终古如斯的希望、永不放弃的等待。这其实是唐诗里的一种诗化的信仰。

> 昨夜闲潭梦落花，可怜春半不还家。
> 江水流春去欲尽，江潭落月复西斜。
> 斜月沉沉藏海雾，碣石潇湘无限路。
> 不知乘月几人归，落月摇情满江树。

最后两首，春字又出现了，然而与开头不同。是春尽、月沉，尽管如此，当无边的黑夜与浓重的海雾来临时，在夜的霭霭深处，依然有月光如眸，向迢迢远方的路尽头凝眺；依然有月色脉脉，在江边树影摇曳中不胜温情缱绻，似表达着终古如斯的企盼，以及企盼中那一份美丽的忧郁。

《春江花月夜》隐藏着一个绝大秘密。表面上看，即月光从思妇心头流过，由此形成诗歌文本上下两部分之间的有机联系，形成诗歌意境的浑然一体；从深层结构看，恰恰是表达了人心与自然的大和谐。于是思妇之思念不复来自思妇本身，而是诗人的灵指在宇宙与人心的和弦上弹出的妙响。这不仅仅是"少年式的憧憬"（李泽厚语），更是中国哲学的古老灵魂在盛唐来临之际焕发出来的年轻的生命光华；这也不仅仅是"梦境中晤谈"的"宇宙意识"（闻一多语），实际上应是由人类生命情感所滋润、沐浴过的宇宙生命，又由宇宙生命所照亮、升华了的人类向上的生命。

在这种境界中，宇宙不再孤悬隔绝，不再是人的异己的存在，而人的生命情感也不再孤单、有限，不再是与宇宙本体相乖离的存在。人的生命本源被提升到宇宙本体的地位作一例看。礼赞生命、礼赞自然，这就是《春江花月夜》的昭示万代、流芳百世的精神主旨。中国山水诗的蓬勃的灵感气韵，正从此一主旨中流出。

这是中国诗中之诗。皇冠上那一颗明珠。闻一多说："遇到这样的诗，一切赞叹，都是饶舌，几乎是亵渎。"这样的诗，具有混沌未凿般的童真、永不重复的特美。

从文学史上说，如何评价这首诗的成就？

闻一多先生已经说过，这是"宫体诗的自赎"。意思是这首诗的母胎是六朝的宫体诗，然而它终于洗清了它的毒素，干干净净地重新焕发新的生命。

中国六朝是唯美文学的高峰，发展出了很多精彩的山水美学与宫廷书写。其中宫体诗是唯美的诗，是女性情色的诗，是美术文学（色泽、韵律），是繁华人生的诗（宫室、衣冠），总之，是崇尚享乐的美。然而这里的美只能成就一种贵族意识形态。而《春江花月夜》，将贵族的华丽，翻成了一种高华的情感；将唯美的文学，转成了信仰的文学。

然而闻一多讲的宫体诗的自我救赎，只是一种否定的角度，文学大家与杰作的出现，不光是对于前代文学的否定性的继承，还有一种长期演化的交错重叠的积淀。这也是中国文化的一个重要特点。因而，从传承传统的角度来看，《春江花月夜》之妙处，乃"四个传统"相互融汇成一体的结果。这就是：

乡愁的传统、高华的传统、体"无"的传统、伤孤的传统。从"诗三百"至汉乐府与《古诗十九首》，中国诗就离不开这四个传统。而且越来越强调，越来越普遍。

（1）乡愁的传统

《诗经·君子于役》，可以代表乡愁的传统，那个思妇，同样出现在《春江花月夜》里。身份、心情虽然不同了，思念却是共同的。与张若虚同时代的张九龄有一首《同綦毋学士月夜闻雁》：

栖宿岂无意，飞飞更远寻。长途未及半，中夜有遗音。

月思关山笛，风号流水琴。空声两相应，幽感一何深！

避缴归南浦，离群叫北林。联翩俱不定，怜尔越乡心。

这首诗是诗人与友人綦毋潜夜听长空雁叫，交流探问，相互印证，而写下的感悟。

第三联以关山笛、流水琴来增添雁叫声声的感染力以及诗歌的浓浓诗意。长空雁叫，天空中大雁之声与空旷的宇宙两两相应，何等幽深感人。而这种幽感的涵义是颇为繁杂的：乡关渺渺、知音难逢、大群不见，以及目标迷失等，都是些极为细微的感触。只有真正的诗心，才能听出这么多的感触。诗人以己度雁，一方面写雁，一方面也写诗人自身。尾联点出诗旨所在：浓浓的乡愁。一是山高念远，怀乡愁人；一是孤独的怀乡者的形象，这是唐诗后来的发展中一大宗。这里的乡愁，其实也超越了具体的乡关之思。古人评语："深情妙理，触物为言。"（《唐诗归》钟云）又"咏物诗必胸中实有一段至理深情，触景生怜，闻声知感，方有关切，此诗可法"。触景、触物，正是同病相怜，才说得有情。我们读古人诗，为什么背后的东西很大很厚，正是他胸中实有一段至理深情。试比较一下元人诗："醒来独背寒灯坐，风送长空雁几声？""悬知别后相思处，极目长空雁影回"，与唐人相较，就诗意浅俗。

乡愁，其实是诗人特有的感情。乡愁不一定依附于具体的对象，或者依附了，就不愁了。丰子恺在《乡愁与艺术》里说："所谓乡愁，其实并非实际地企求归复故乡而不得，而发生的愁。这是一种渺然的、淡然的、不知不觉地笼罩人心的愁绪。处于飘泊的境遇的人，往往多生感触，感触多则生愁绪。这种愁，宁可说是一种无端的愁，无名的愁（nameless sorrow），即所谓'忧来无方''愁来无路'，不是认真企图返故乡、归祖国而不得的愁。如果是认真企图返故乡、归祖国而不得的愁，那就切于现实，与商人图利不得兵官出仗不胜的懊恼同样，全无诗趣，更不甘美了。"（《艺术人生》，花城出版社1991年版，165页）画家林风眠有《荷塘飞雁》《芦荡飞雁》，都是夜色中的孤独飞雁，正是这种中国诗意抒情传统。不懂得唐诗，也不懂得中国画。

同样，《春江花月夜》的乡愁虽是思妇之乡关愁情，但同样也不只是单纯的、实指层面的乡愁，而是一种超越了具体家乡的乡愁。

（2）高华的传统

浪漫高华，乃是一种绝不平庸、绝不猥琐的生命情调，其实是很贵族气的。初唐时代，王勃的《郊兴》、宋之问的《初至崖口》、卢照邻的《长安古意》等，都可以看出这个传统。它由齐梁诗歌中那种华美的人生、华丽的词采、感性的因素、音乐、女性的细节慢慢发展而来，最终转化为初唐的浪漫高华。正如闻一多所说，当然这已经完全不同于六朝宫廷贵族文学，他的贵族气质，已经因为宇宙观的新加入，变得清新有活力，成就为一种浪漫高华之美。此诗即为初唐诗浪漫高华的典型代表之作。

（3）伤孤的传统

我们从张九龄、陈子昂的诗中，最可以见出伤孤的传统。宇宙越是无穷，人越是感到孤独无力。新旧交替时代，也特有伤怀。从孤篷、孤舟、孤雁、孤云，离人、游子、美人，一直到："白云一片去悠悠，青枫浦上不胜愁。谁家今夜扁舟子？何处相思明月楼？"

（4）体"无"的传统

道家的宇宙即为"无"，是未被加以限定的、无穷大的存在，需静心体会。譬如陈子昂的"前不见古人，后不见来者"对于宇宙的深度的体认，从初盛唐开始出现。

譬如王勃的"江汉深无极，梁岷不可攀。山川云雾里，游子几时还？"，为什么说它"风格意兴俱佳"？单独看，只不过是一个游子，但是那个不回来的游子，与《春江花月夜》里这个思妇想念的，正是同一个游子。或许游子也只是一个修辞，真正的意思是借着这个念想，打开那无限辽远、往而不归的宇宙情感。与前面所举的这一系列诗串联成一类来看，便是宇宙无穷的时空体验，用一个道家的术语来讲，即体认那宇宙的"无"。初盛唐诗人的抒情传统——"体无"：体认没有限制的存在。所以日本史家宫崎市定对唐诗有一句短语评论："唐诗发现了无限。"

小结

比"唐诗发现了无限"说得更有哲思的，是台湾学者牟宗三。牟先生以为，儒家宇宙人生观，一言以蔽之："人虽有限，却可以无限。"（唐君毅先生的表达略有不同："不要让无限的心灵，沉沦入有限。"）此言亦不无道理。可以借用来说明《春》。《春》的第一部分写"自然之月"，透视宇宙无限的美好，意谓"自然无限、人生有限"。第二部分写"人心中之月"，抒发人类无限的爱心，意谓"人虽有限，却可以无限"。

王湘绮说："张若虚《春江花月》，用西洲格调，孤篇横绝，竟为大家。"乡愁、高华、体"无"、伤孤，《春江花月夜》将以上四种传统相互融合，最终成为一首大家之作。

伍

古风

李白

齐有倜傥生，鲁连特高妙。

明月出海底，一朝开光曜。

却秦振英声，后世仰末照。

意轻千金赠，顾向平原笑。

吾亦澹荡人，拂衣可同调。

（李白《古风》）

英雄精神

　　儒生、仙翁与侠客，是李白的三种主要身份，也是他的诗风光明皎洁的源泉。

　　古代中国是"士人文学"居于文化主流地位的文学时代，现代则是"众人文学"占主流的时代。"士"的文学充满着对人的力量的歌颂与相信，充满对时代天下的关怀与责任。由于士人注重精神训练，因而也是十分精神性的文学。而"众"的文学则自娱或互娱或娱他的，是消费的、松弛的、日常的，是从天下和家国退回到家庭乡土或市井甚至肉身的文学。

　　李白自负不浅。自评"怀经济之才，抗巢由之节；文可以变风格，学可以究天人""如逢渭水猎，犹可帝王师""壮士怀远略，志在解世纷"。尽管李白诗中采取了很多民歌的养料，我看李白诗，骨子里是"士"的文学。

　　譬如历来难以索解的《独漉篇》，原是古乐府，描写为父报仇的故事。李白的笔下，则是英雄精神的宣言。

"独漉水中泥，水浊不见月。不见月尚可，水深行人没。"这是写黑暗压抑如梦中难行的困境。"越鸟从南来，胡鹰亦北渡。我欲弯弓向天射，惜其中道失归路。落叶别树，飘零随风。客无所托，悲与此同。"这是英雄失路、飘泊无依的生命困境。"罗帏舒卷，似有人开。明月直入，无心可猜。"这是对生命自由舒卷交流、君臣一体的美好意境的向往，对比第一句的"水浊不见月"，这里的"明月直入"是自由的、明朗化的精神。"雄剑挂壁，时时龙鸣。不断犀象，锈涩苔生。国耻未雪，何由成名。神鹰梦泽，不顾鸥鸢。为君一击，鹏抟九天。"这里有跃动的英雄气。一扫负面的生命困境，像雄剑、像神鹰。

　　据专家研究，李白平时是佩剑的。儒生是坐而论道的，是学院派的，而侠则是要做事的，实践品格的，要君臣一体，要报国立功。这正是中古社会的士人理想。看李白诗的大处，根本上是"士"的诗歌，根本上是对于人的力量的信心和经由精神修炼而来的超迈的美。"秦家丞相府，不重褒衣人。君非叔孙通，与我本殊伦。"（《嘲鲁儒》）在儒生情怀之中，李白更加上侠义行动的美，清新、自信、有力，是从文学上显示了：中国的士重新发现了自己。

所以后来的中国士人，只要想从自己内心深处唤起自尊与自信，都会找到仙翁剑侠的诗人传统，李太白的诗歌，召之即来、来之能战，是士人独立而高贵身份的文学符祝。

这跟盛唐时代是中国文化的青少年时代也有关系，中国文化中的文学传统，正在上升发育成熟。我们说人生中最不可错失的文学时代，就是青少年时代，那是一个最没有功利、最没有负担、最活泼爱美的时代。李白诗是英雄出少年，是"士"的文学中的少年文学，是青春与生命热力的表现。他写《少年行》，那可真的是一个英气少年走在路上："五陵年少市金东，银鞍白马度春风。落花踏尽游何处，笑入胡姬酒肆中。"我们现在都还似乎从诗中听得到诗人爽朗无拘的笑声。

而且，少年是多梦的时节，少年时代美的向往，恰恰就是长大之后英雄精神的一个重要来源。李白的《古朗月行》写得真好："小时不识月，呼作白玉盘。又疑瑶台镜，飞在青云端。仙人垂两足，桂树作团团。白兔捣药成，问言与谁餐？蟾蜍蚀圆影，大明夜已残。羿昔落九乌，天人清且安。阴精此沦惑，去去不足观。忧来其如何，凄怆摧心肝。"前八句，写少年时代对月的美好想象，象征着难以忘怀的童年时光与天真无邪的纯真心灵。后八句，写月蚀，象征着纯洁理想与天真状态的破败与祛魅，对于昔日美好理想沦亡的忧伤，是诗人慷慨悲歌的原因。

我有个感觉，杜甫是深红色，或黑白分明中的黑色，李白则要么是唐三彩，要么是月光下的银白色，极真纯皎洁。因为少年，所以到处是光与音乐。因为少年，所以往往是动作的诗歌。酒与力与剑的美。

"明月出天山，苍茫云海间。长风几万里，吹度玉门关。"（《关山月》）写一轮明月，负有神圣的使命，从天山的云海，来到玉门关，来到中原大地，为黑暗人间带来光明与美。明月，正是诗人李白的自我象征。天山，正是他的出生之地。这首诗，真是一首雄浑的英雄颂。我们从里面可以听到一种英雄圣贤降临人间的庄严音调。

有些现代知识人嘲笑李白，说他不自量力，说他没有政治才能，却又偏爱政治活动，所以很倒霉。说他是知识分子的自大狂的表现。其实，这多半只是现代知识人自己的不自信，也缺少勇气，所以看李白不真，显出自家的小巧庸碌。古人说的是，士以器识为先。"士"的文学，先须有器识上的大气。生命格局大，表现为有志气，有自信，有天下担当。生命风调美，也表现为有才华，有魅力，足以使人向往追随。胡应麟说盛唐诗"格高调美"，李白就是典型的格高调美。格高调美的生命意境，有什么不好？有什么可嘲笑的呢？李白首先是做人做得有意境，有风姿。"真贵人往往忘其贵，真美人是不自知其美，绝世的好文章出于无意。"李白是忘其英气，忘其义气，忘其风姿，而无往不是真美。

　　李白做人有什么追求向往？龚自珍的《最录李白诗》："庄屈实二，不可以并，并之以为心，自白始；儒仙侠实三，不可以合，合之以为气，又自白始也。"我想他是隐然有一种新"士"的自喜。即儒、仙、侠合一的新"士"，李白是不知不觉，不期然而然地，一气化三清。儒生是"士"的基本骨干，但是儒生太文弱了，所以要有"侠"来救其阴柔之弊；儒生又太执着了，所以要有"仙"来化其阳刚之弊。此种新"士"，如风卷云舒，惟意所适。表现为又建功立业，又功成身退；又书生气，又浪子气；又经世致用，又喜反好玩；又飘逸高迈，又兴感淋漓；又大勇大义，又化合无形。

然而，英雄精神最核心的，是人格尊严、生命的高贵。

李白是最有生命尊严的诗人，是中国诗人中永远的高贵，永远的自尊自爱。

"不屈己，不干人。""出则以平交王侯，遁则以俯视巢由。""受气有本性，不为外物迁。"范传正说："受五行之刚气，叔夜心高；挺三蜀之雄才，相如文逸。瑰奇宏廓，拔俗无类。"

英雄精神，才是一个大国崛起的文化精神的点睛之笔。

解放精神

为什么说他又有"解放精神"呢？英雄精神与解放精神是不同的。英雄精神是大的关怀，大的责任，是汉子气与豪杰的人生，在天地间堂堂做人的感觉；而解放精神则更多是解放自己的，是对于英雄精神的一种重要的补充。没有解放精神，英雄精神也会成为一种套套来束缚自我。因为英雄的本色是打破一切羁绊的，但无处不在的用世心的紧张会成为人生一种负面的包袱，一旦成为自身羁绊，英雄也就走向了他的反面，所以解放精神就是连英雄气也能去掉。英雄精神是"怀经济之才"，解放精神是"抗巢由之节"；英雄精神是"海风吹不断"，解放精神是"江月照还空"。二者共同构成了李白的人格世界。

"昭昭严子陵，垂钓沧波间。身将客星隐，心与浮云闲。长揖万乘君，还归富春山。清风洒六合，邈然不可攀。"（《古风》第12首）李白的诗，大多藐视权贵，浮云富贵。我们看人生的各种崇拜，如权势的崇拜等，往往也不是别人给的，而是自己造成的，从中解放出来，方可得到生命高贵的自由。

人性精神

李白是最懂得友情的诗人，送孟浩然，送汪伦，都写得很好，李白是高傲的，放浪的，不拘礼的，最没有成规成矩的人，但是李白也儿女情长，中国文化中所说的性情中人，他也是算一个。

如果李白只是英雄，只是解放，就只是侠与仙，或者，只是个外国人，就不能懂得中国文化的深处。中国文化的深处，是人性的感动，是人心与人心的照面。我们再看李白另外几首月诗。

金陵夜寂凉风发，独上高楼望吴越。白云映水摇空城，白露垂珠滴秋月。月下沉吟久不归，古来相接眼中稀。解道澄江净如练，令人长忆谢玄晖。

（《金陵城西楼月下吟》）

中国文化最看重心灵相通，精神相感。月光沉吟，久久不归，原是有心头的怀想感动。李白诗的月下，其实是斯文相怜的会心之美，是灵心感动的幽深之美。

长相思，在长安。络纬秋啼金井阑，微霜凄凄簟色寒。孤灯不明思欲绝，卷帷望月空长叹。美人如花隔云端，上有青冥之高天，下有渌水之波澜。天长路远魂飞苦，梦魂不到关山难。长相思，摧心肝。

（《长相思》）

长相思，即人心与人心的长想长念。是爱情，是夫妇情，也是人生理想，或人生中美好的追求不能实现。总之，是一片纯情的叹息。

杨花落尽子规啼，闻道龙标过五溪。我寄愁心与明月，随君直到夜郎西。

（《闻王昌龄左迁龙标遥有此寄》）

　　李白是最懂得友情的诗人，送孟浩然，送汪伦，都写得很好，李白是高傲的，放浪的，不拘礼的，最没有成规成矩的人，但是李白也儿女情长，也有深厚的真诚的友情，中国文化中所说的性情中人，他也是算一个。这首诗中的月，可能是天下最多情的一个月亮了。

　　　　日本晁卿辞帝都，征帆一片绕蓬壶。明月不归沉碧海，白云愁色满苍梧。

（《哭晁卿衡》）

　　凡天下的好山水好月色，都可以成为李白的朋友；凡天下有童心有性情的人，也都可以成为李白的朋友。这首诗中的月亮，代表着远在日本的友人，这表明，李白的人性精神，不仅具有民族性，而且具有全人类性。

我宿五松下，寂寥无所欢。田家秋作苦，邻女夜春寒。跪进雕胡饭，月光明素盘。令人惭漂母，三谢不能餐。

（《宿五松山下荀媪家》）

　　这是一个有名有姓的农妇，这是一个实有其地的经历，"田家秋作苦，邻女夜春寒"的声音，一直到今天还犹在耳边，而那一幅与素盘一样洁白的月光，正是诗人的同情心的显现，有着永远不灭的人性精神魅力。

　　长安一片月，万户捣衣声。秋风吹不尽，总是玉关情。何日平胡虏，良人罢远征。

（《子夜吴歌》）

　　无边的温情的月光，与秋风吹不尽的捣衣声一样，是有情人无处不在的思念。诗人的心呵，无限辽远，也无微不至。

床前明月光，疑是地上霜。举头望明月，低头思故乡。

（《静夜思》）

读这样的诗，一个是永恒的情思，一个是刹那的感动，又新鲜又古老，又简单又深邃，诗人李白，真有情宇宙之大情种。

鲁仲连

《古风》第 10 首中的鲁仲连形象，将上文所讲的英雄、解放以及人性三种精神，都融为一体。

鲁仲连是李白的第一大政治偶像。李长之《李白传》首先揭示这一要义："有所谋划时，'恨无左军略，多愧鲁连生'；他的蔑视金钱，李白尤为上心。'鲁连逃千金，珪组岂可酬''鲁连卖谈笑，岂是顾千金'。可以说，李白的从政史，就是他学鲁仲连史。"鲁仲连既是说客，又是策士。既是积极介入时代，又没有杀身之祸，最后优哉游哉。其归宿，颇似求仙，神出鬼没，犹如真龙。在性格上，李白引为同调。但是李白写鲁仲连的重心仅仅是蔑视金钱和谋略吗？只有弄清楚这一点，才能知道李白最好的诗，如何是"士"的政治诗。而要真知道鲁仲连，需要知道他究竟为什么要"却秦"，《古风》第10首的"却秦"二字，确是诗眼。《史记》引鲁仲连自述"蹈东海而死"的理由，云：

彼秦者，弃礼义而上首功之国也，（集解："秦用卫鞅计，制爵二十等，以战获首级者计而受爵。是以秦人每战胜，老弱妇人皆死，计功赏至万数。天下谓之'上首功之国'，皆以恶之也。"索隐：秦法，斩首多为上功。谓斩一人首赐爵一级，故谓秦为"首功之国"也。）权使其士，虏使其民。（索隐：言秦人以权诈使其战士，以奴虏使其人。言无恩以恤下。）彼即肆然而为帝，（索隐：肆然犹肆志也，言秦得肆志为帝，恐有烹醢纳筐，遍行天子之礼。）而为政于天下，则连有蹈东海而死耳，吾不忍为之民也。于是新垣衍起，再拜谢曰："始以先生为庸人，吾乃今日知先生为天下之士也。吾请出，不敢复言帝秦。"……

《史记》此一番记载，有两个重点，一是"暴秦"为战国时代普遍性的共识，秦乃是一反人类、反人道之极端军人暴力集团。蒙文通先生有论述。二是"天下士"。所谓天下士，正如后来顾炎武所说的"亡国"与"亡天下"的区别。一国一姓一帮一派之兴亡更替，不过是利益与权力之争之更替而已，不足以表明普遍而真实正大之人类价值，而超越此一国一姓一帮一派之上的共同价值，正是儒家所谓"天下"的意义。天下士之鲁仲连之所以胜于荆轲，荆轲不过是一起赳武夫，一国之士而已，他要报答的只是太子丹的恩情；而鲁仲连说秦得天下，他将蹈东海而死，他所秉持的是人道人性的基本信仰，是一个极富思想之侠义之士。此正是李白追随的英雄大义。

倜傥与澹荡

此首不仅思想深刻，旨义正大，更以高妙、明月、英声、光耀、大笑等极富于阳刚之美与光明感的意象，层层渲染描绘李白心中的鲁仲连形象，李白自己认为好诗的标准是"文质相炳焕"，即语言形式风格，与题材思想内容相互穿透交融映衬而发生的光彩。此诗正是李白诗"文质相炳焕"之美的典型表现，而其中最能体现李白精深学养与高妙语言艺术相融合的一个表现，即他所使用的"倜傥"与"澹荡"两个词语。"倜傥与澹荡，绝不相类，而看作一致。始知有意倜傥者，非真倜傥也。惟澹荡人乃可与同耳。"（严羽）盖"倜傥"是英雄气，指非常之人能做非凡之事，特立独行，大智大勇，绝不与时代的庸俗堕落同流合污，乃是孟子式的阳刚之美，虽千万人吾往矣。然而"倜傥"是结果，是表现，而"澹荡"是根本。"澹荡"则是自由心，指不畏权力，蔑视金钱，粪土富贵，唾弃名利世界的缰锁，乃是庄子式的游心于天地之美、神明之容。后者才是前者的基础，无欲则刚，才是能做大事的大丈夫；前者又是后者修成的正果，"倜傥"与"澹荡"是刚柔相济、内外成全的特美。片言以居要，成为李白诗歌文质双美的关键。李白诗，不仅深深探得中国儒道文化之精义，且更精要、更强烈地表现文化大义之精彩。

明月

开头两句引出鲁连，为何不接着马上写鲁连何许人，有何事迹，却荡开一笔，描出一幅海底月出图——这与李白对月亮的美学意识有关。

我们读到李白一些有明月的诗歌，比如"俱怀逸兴壮思飞，欲上青天揽明月"。这里的"明月"就是一个自由的生命的象征。什么叫"逸兴"呢？"逸兴"这个词也很有意思。牟宗三先生在《生命的学问》一书中有一篇文章叫《哲学的气质》，其中特别提到了学哲学的条件，其中有一个就叫做"逸气"。"逸气"就是不黏滞、不婆妈、不拖泥带水的生命状态，这样一种生命的状态实际上就是一种解放的精神，很大程度上是一种自我的解放，把自己的心灵解放出来，得到一种通透、融化、轻松的美学的创造。从各种自我制作的套套中解放出来，所以李白诗歌一个很大的价值就在于创造出一种通透、融化、轻松的美。

另外一首非常有名，《梦游天姥吟留别》也写到了一轮明月。"我欲因之梦吴越，一夜飞度镜湖月。湖月照我影，送我至剡溪。"最后写道："安能摧眉折腰事权贵，使我不得开心颜！"这首诗歌写于李白被赐金放还之后。就是唐玄宗听信了小人的谗言，把李白从宫中赐金放出来。这时李白写到的一轮明月，应该说是他自己的生命的象征，是他从宫廷的富贵人生中所挣脱出来，得到的精神的自由，找到了生命的本真，这个明月就是李白生命本真的一个象征，是李白生命的自我表现。所以"我欲因之梦吴越"的镜湖月，是温情的，飘逸的，有仙人之气。一路相送诗人往自由美丽的山山水水，就是诗人最喜欢的吴越的江南的山水，都是明月相伴而去的。

在中国文化中的月亮，是从魏晋人的月夜开始的。我们说魏晋风度中对美好的追求，他们常常会喜欢写到月夜。比如说用完全没有云彩的朗朗晴空，来象征魏晋人的清洁纯美的心灵世界。还有王子猷访戴安道的那个月夜，王子猷到了戴安道家门口的时候兴尽而返，这是魏晋风度中任性而发、自由率真的一个经典表达。李白诗中写想象中的王子猷，"昨夜吴中雪，子猷佳兴发。万里浮云卷碧山，青天中道流孤月。孤月沧浪河汉清，北斗错落长庚明。怀余对酒夜霜白，玉床金井水峥嵘。人生飘忽百年内，且须酣畅万古情。"（《答王十二寒夜独酌有怀》）这首诗歌根本没有去想象一个很实在的、可看得见的山阴道上的风景，而是想象了一个虚拟的看不见的宇宙太空中朗朗清洁的月光的世界——"青天中道流孤月。孤月沧浪河汉清"。这就是李白诗歌超越的美，解放的精神通过月夜得到一种体现。月夜在这里象征一个浩大永恒的光明皎洁世界。诗人为什么要描写这样一个冰清玉洁的世界呢？因为诗人在现实人生中看到了太多的庸俗、下作、他瞧不起的生命状态。比如唐代特别流行的斗鸡术那样的庸俗人生。比如李白一首诗歌中所瞧不起的哥舒翰那种一心一意去立军功、穿紫袍的功利人生，那种一心一意到宫廷中去，得到天子赏爱的富贵人生，在李白看来都是最终被他所解放的，虽然他也曾经那样地向往过，盼望被天子赏识，但最后也被他消解了。他从宫廷中被赐金放还的时候，"仰天大笑出门去，我辈岂是蓬蒿人"。他最终得到了一种解放的精神。所以，这样一个皎洁的美好的月亮所表现的本体之美的世界，或许正是他解放的力量源泉。

李白还有一首很美的绝句，月亮代表了一种古老的超越感。"南湖秋水夜无烟，耐可乘流直上天。且就洞庭赊月色，将船买酒白云边。"在这水光一色的美妙月夜里，无限透明，无限清空，诗人喝到半醉的时候，想象如何才能将船顺着这湖水与月光，一直到天上去呢？月光与水光，天水之间是没有界限的，可以相通的。有些学者把诗人的这种想象叫做"醉态的思维"。我觉得这样的理解不一定达到李白诗歌的深度。简单来说，很多人都会喝酒，很多人都会醉，但是不一定都能够像李白这样写出一个美好的、水天一色的美的创造。所以我不主张把李白诗歌理解为一种醉态的思维。我认为李白的诗歌应该是一种自由的精灵。就像这首诗歌，月光在那儿恰恰代表着解放的精灵。在中规中矩的人那里，任何东西都是有界限的、有形状的、有分隔的，天与地，湖与月，都是分开的，不可以融合相通的，而在诗人那里，完全没有界限地，敞开了自由自在的心灵游观之所。

小结

最后我们来看李白非常有名的《月下独酌》："花间一壶酒，独酌无相亲。举杯邀明月，对影成三人。月既不解饮，影徒随我身。暂伴月将影，行乐须及春。我歌月徘徊，我舞影凌乱。醒时同交欢，醉后各分散。永结无情游，相期邀云汉。"我觉得在这首诗歌里面，月亮不是一般的朋友。不是我们所说的把自然当成朋友，或者与自然感情很深而把自然中的一个意象事物作为朋友来相亲。其实这是一般的理解。其实这首诗歌也可以放到李白诗歌大的脉络中去，以大观小，以整体来看片段。也许我们可以发现，这首诗歌中的月光同样代表着李白诗歌背后的一个深度的哲学，就是他那种解放的精神。

这首诗歌最后提到的"永结无情游"，跟前面一首写王子猷的最后两句"人生飘忽百年内，且须酣畅万古情"。这个"无情游"和"万古情"实际上是一个意思，就是超越了有限性，超越了日常人生的俗情俗意的更大的宇宙尺度的情感，这样一种情感就是解放的精神。我们看"醒时同交欢，醉后各分散"，也就是说这是与世俗之情完全不同的游，是忘怀世俗之游。因为世俗的游是有情之游，不能松开，不能放下，黏滞的。"无情游"就是松开，是不现成。交欢就交欢，分散就分散；不因交欢而执着，也不因分散而悲哀。在遥远的天边，终有相遇之日。这是李白超越一般的俗世俗理俗情的更大尺度，就是宇宙的生命本身的尺度。所以我们说李白的解放精神实际上是来自中国道家文化的自然精神，就是以宇宙自然的生命本真来对待人世、对待生命。就是换一种看世界的眼光，换一种看世界的尺度，就会得到一种解放。李白诗歌中的月亮不仅是一种诗学，更具有一种哲学。

春夜喜雨

杜甫

陆

好雨知时节，当春乃发生。

随风潜入夜，润物细无声。

野径云俱黑，江船火独明。

晓看红湿处，花重锦官城。

（杜甫《春夜喜雨》）

中唐的危机

如果说李白是大国崛起的诗意表达者，那么，不仅说杜甫是大唐转向危机时代的见证人，而且是中国危机诗学的建构者。危机诗学是文化史上的概念，这与时代有关系，盛唐向中唐转型的时代，不仅是唐王朝的朝代变化，而且是一种深刻的社会历史文化形态的转型。

历史的分段很重要，什么样的段落划分，就有什么样的历史解读。中国史学界有一个"中唐中心说"，即中唐为中国史转型变化的中心。梁启超把中国分为中国之中国、亚洲之中国、世界之中国三段，而由六朝而唐宋，正是亚洲之中国的时期。日本学者内藤湖南将中国历史划分为三个阶段：上古（先秦）、中世（汉魏至中唐）、近世（中唐以后，包括后来的近代）。（《中国史通论》）他在书中描述的八种变化影响极大，被中国史学界称为"内藤命题"，至今仍是影响了主流文化史的叙事范式，接受这个命题就会把宋代看得很重要，而如果接受别的史观，则唐、宋没什么区别。有人认为陈寅恪也受了这个命题的影响。他的《论韩愈》中将韩愈看成是承上启下的人物就是一个很好的证明。吕思勉也认为中唐是一个转折，也是受到了这种命题的影响，柳诒徵、钱穆也有类似的见解。内藤命题的赞同者如陈寅恪、吕思勉等在学术史上产生了重大影响。中唐之后宋代文化中心论的观点也是内藤命题的引申发展。

杜甫正是由盛唐转中唐的诗人。"中唐中心说",使我们重新认识杜甫在中国文化中的意义。也就是说,他先知式地预示了一个时代的来临。我们的文学史喜欢用来自西方理论的现实主义与浪漫主义的两分法,然而,这样的两分法将历史的生命化而为一个平面化的类型,是一种没有温情、没有生命感、没有把国史当成自家的生命的外来理论。而危机诗学,这是从浪漫主义到现实主义的解释框架所不能理解的。杜甫诗学代表了一种文化上的痛感。

英国历史学家巴乌克拉夫主编的《泰晤士世界历史》中,有一段话说得很好:"边境指挥官安禄山在七五五年开始了叛乱,绵延七年之久,几乎毁灭了唐朝。结果中国人从中亚撤退,吐蕃人和回纥人又占领了他们原来的领土。伊斯兰当时已经到达费尔干纳,后来成为突厥斯坦最有势力的文化力量。中国与中亚之间深厚的文化联系被破坏了，中国变得更加内向。"也就是说，当通往中亚和中东的陆路——今天之所谓"一带一路"——不再掌握在中国人手中的时候，从外部联系、国际环境的角度上说中国就开始失去汉唐气象。文化的动力性开始失去，中国变得更加内向，是很准确的。

我们再回到诗歌史。明代的诗论家陆时雍也有一段话说得很好："中唐近收敛。境敛而实，语敛而精。势力将收，物华反素。盛唐铺张已极，无复可加，中唐所以一反而之敛也。"（《诗镜总论》）中唐开始的这个内敛化的过程，从杜甫的时代是一个转折点。文化用力的方向，变而为向内用力。中唐以后，文化史一大趋势，即向内转。诗歌史与这个趋势是一致的，杜甫正是这个趋势的代表。

心灵诗学

前面说到牟宗三先生说中国文化可用六字来表达：

心、性、理、与才、情、气。如果再以这个框架来细分，李白是"尽才尽气"的诗学，而杜甫是"尽心尽理"的诗学。他的心与理，即以文化心灵为支撑、为柱石。无论他怎样悲伤，怎样困苦，怎样潦倒，自己都永远不会倒下。他的辞典中，没有"绝望""怨恨""逃避"这样的辞语。靠什么呢？不是靠才情、不是靠生命与生俱来的自然元气，而是靠文化心灵的力量。鲁迅说自己是"抉心自食"，把心看作要毒；而杜甫当是"以心为源"，文化心灵作为诗人命运之源泉。

同样是写月亮，与李白完全不同。杜甫的《月》，其中有两句诗："四更山吐月，残夜水明楼。"清人黄生评："其比兴之深远，从未经人道过。"苏东坡亦说："杜子美云：四更山吐月，此殆古今之绝唱也。"王夫之评："历历'四更山吐月'，悠悠'残夜水明楼'。"邓小军教授说："默示出诗人悲剧性的心灵，从忧伤到光明的一次更生过程。"这里有一种扎根于中国形而上学的诗意。我认为，这句诗向内用力，开辟了一种德性审美、信仰审美的艺术生命，是危机诗学的一个绝佳的诗品。这个例子也表明，现实主义是不足以说明杜甫最好的诗品的。

杜甫的危机诗学回应中唐危机，不止回应政治、历史上的危机，也回应文化上的危机。唐诗到杜甫已经不是李白青春式的浪漫，而是回魅向真，直面人生的真。杜甫诗歌最重要的概念：诗史、诗圣、厚重、沉郁，才是其内核。其余都是外延，比如现实主义这样的概念，太浅，进不到杜甫诗歌的内层。

仁者与国士

我选这首诗，看似简单，其实也不好懂。譬如首联"好雨知时节，当春乃发生"，有一次，我在某城市讲演，提问学生，这首诗为什么要写雨？主旨是表达什么？学生们有的说，雨代表了政府的政策，那时肯定是颁发了好政令。有的说，四川太干旱，下雨诗人就开心了。有的说，大概杜甫那时要升官了，心里高兴。

这些回答都不对。这表明，现代人不易了解古人。也表明，现代人心灵太平庸，达不到古人的心灵深处。杜甫以前的诗人，都知道雨不是雨本身，而是通过对自然物象（春雨）的描写，反映大自然的生命力，这是一种意象的美学。春雨，更是阴柔而隐含的自然力量。"润物细无声"这种大自然的力量，一旦来到人间，便会给整个人间带来一种生命的复苏。

　　当时，整个大唐遭遇到灭顶之灾，帝国最黑暗、危机的劫难的时刻，杜甫心里面想到的是春雨、是希望。这首诗，最能表现杜甫的仁者情怀。如果说里面有一种形而上学的意味，用中国哲学精神来表达，便是"仁者爱及万物"。仁者的情怀乃是大自然和宇宙背后的生生之大爱。这种大爱，透过诗歌的语言的背后表达出来。杜甫的仁者情怀，表现在他的一生的经历中，也表现在他的最重要的代表作之中。

　　为什么说这首诗有大的关爱，而不仅仅是一般的喜雨？我们读中间的两句："野径云俱黑，江船火独明"，其实已经很清楚了。在那个漆黑如墨的世界里，依然还有一灯独明，执著地照亮着人间没有路的地方。这不正是老杜以仁爱之心，坚守于黑暗中国的自我表白吗？

只要有光，就有爱；只要有爱，就有路；只要大自然有春天，就有生命的复苏。

从"诗三百"与屈原的《离骚》开始，中国诗歌传统就有"感时忧国"的精神。"诗三百"是"以一国之事，系一人之本"，即诗史合一，"史"是国家的命运，"诗"是个人的心灵情绪、悲喜命运，两者结合在一个诗人身上，成为一种息息相关的生命共同体。这就是屈原、杜甫"国身通一"的精神。董仲舒在《春秋繁露》中提到儒家知识分子的传统就是这样。现代人渐渐淡化甚至迷失了这个精神，因为现代意义上的国家，是为了个人而存在的。国家不再是一种终极的绝对的目的。个人与国家的关系，也只是一种契约关系，前者才是神圣的。这已经不再是一体有机的生命共同体的感觉了。"诗史"其实正是一种国族共同体的情感。因而"国身通一"精神，也正是饥溺为怀的精神。杜甫诗云："窃比稷与契。"稷与契代表了很高的价值，来自《孟子·离娄下》："禹思天下有溺者，犹己溺之；稷思天下有饥者，犹己饥之……"；"人溺己溺，人饥己饥"所指的圣人精神，这是儒家最重要的品质，也是杜甫对自己最大的期许。因而古人评杜诗："史而能经。"

小结

这首小诗，有刚与柔两面。现在再说柔情的一面。正如前面所说，春雨，是诗圣的圣心，春雨之润及万物，即是"可以无限扩充的心"。诗歌、诗人，本身就是善感的心灵，但是成为一种自觉的美学，可以无限扩充的心，在中国诗史上，还只有杜甫做得最好。用今人能理解的话来表述，可以无限扩充的"心"，就是生命意义的"在"。为什么这样说呢？因为人的生命意义的"在"，与一椅子、一草木、一动物的存在于世间的"在"，大不相同。一椅子在世间，它绝不知道它之外的桌子及其他任何东西的存在。一草木一动物在世间，虽有感觉知觉，却也是不能扩充它们的存在的。可以自觉地无限扩充的存在，即只是人的心灵世界、精神世界与文化世界。中国哲学中最精辟的阐释，即张载的《西铭》和王阳明的《大学问》。《西铭·乾称篇》云：

> ……天地之塞，吾其体；天地之帅，吾其性。民吾同胞，物吾与也。……
>
> 凡天下之疲癃残疾，茕独孤寡，皆吾兄弟之颠连而无告者也。……富贵德泽，将厚吾生也；贫贱忧戚，庸玉女於成也。存，吾顺事，没，吾宁也。

"凡天下之……"，实即孟子所言："老而无妻曰鳏；老而无夫曰寡；老而无子曰独；幼而无父曰孤，此四者，皆天下之穷民而无告者也，文王发政施仁，必先斯四者。"（《孟子·梁惠王下》）亦即孟子所说的"人溺己溺、人饥己饥"之义。用今语来表述，即生命的通透。于是我不复知我只是我，我亦是他人；而一切人亦都可以说是我。有此无限扩充的我心，便是一涵摄人与我之大我。此大我，亦即是我的真我。我之真我中涵摄有你与他，你与他之真我中亦可涵摄有我。于是人类的生命通透而不隔。不仅人类生存于彼此相互涵摄的关系之中，而且人与宇宙自然的关系，亦是通透无隔，朗映相连的涵摄关系，《大学问》论之最精：

> 大人者，与天地万物为一体者也，其视天下犹一家，中国犹一人焉。若夫间形骸而分尔我者，小人矣。大人之能以天地万物为一体也，非意之也，其心之仁本若是，其与天地万物为而一也。

中国哲学实质上有很深的诗的意味。诗可以兴、可以观、可以群、可以怨，都是诗歌与那真实的（非意之也）、可以无限扩充的"一体之仁"的生命的联系。用今语来表述，伟大的诗除了文字表达的精美之外，也跟她带给我们的对生命的感受的深度、广度和强度成正比，跟她所带来的生命的根源感、存在的充实感成正比。如果我们从中国哲学文化的这个高度来观照杜甫的诗歌，那么，我们会发现没有一个诗人能与杜甫相比肩。如果不从这个高度上看杜诗，一个非常抽象、概念化的"诗圣"的称号，是毫无意义的。

和子由渑池怀旧

苏轼

人生到处知何似，应似飞鸿踏雪泥。

泥上偶然留指爪，鸿飞那复计东西！

老僧已死成新塔，坏壁无由见旧题。

往日崎岖还记否，路长人困蹇驴嘶。

（苏轼《和子由渑池怀旧》）

苏如海

王水照先生不同意"韩如海""苏如潮"（李涂《文

章精义》），赞成后来说的"苏海韩潮"。王先生说："韩文公的'驱驾气势，若掀雷挟电，撑抉于天地之间'（司空图《题柳集后》），以'潮'作喻，至为恰当；而苏轼的文化世界，非大海之广不足以言其'波澜浩大，变化不测'（《吕氏童蒙训》），非大海之深不足以言其'力斡造化，元气淋漓，穷理尽性，贯通天人'（宋孝宗《御制文集序》）。"王国维说，中国诗以屈、陶、杜、苏为代表。苏是真正的集大成者。

向内转

这是诗人与内心的声音作真诚的对谈。如前所述，唐人回答生命的问题，宇宙的无限、人生的短促，那些对比，成为一种套路式的唱叹。但是东坡此诗从传统走出来，有一种倾心交谈的调子，个性化地、真切地去跟自己的内心对话，向内回转。由此而来的特点，就是化解悲哀，因为与内心认真而持续的对话，就会平静而从容，不期然而然地淘汰了俗情，弃置了人云亦云的套路与程序，自然就有一种理性的过滤与沉淀。因而，这首诗歌读到后面，就没有我们常常在唐诗里面所表现的那种悲哀感，当然也有悲哀，但涉及怎么样去化解，与他生命中那种智慧相照面相碰撞，而得到了一种无答案的答案，这里的化解功夫其实是融汇了三教的慧命，儒道释不是现成的教条，而是化为他自己的一个论述，变成自己的人生哲学。

再具体分析，比如说他的首联就讲的是空无。以雪为喻，以雪为喻是佛家经常做的比喻，"人生到处知何似，应似飞鸿踏雪泥"，那种空无的幻灭感，来自佛教。"泥上偶然留指爪，鸿飞那复计东西"，有一种递进的关系。不仅有一种递进的关系，而且有一种歌唱的感觉。非常富于人生的那种漂浮不居、到处留下生命的痕迹的那种深情唱叹。

颈联也只有苏东坡能写得出来。"老僧已死成新塔"，"老僧"，对"坏壁"，有一种苍然之美。"新塔"对"旧题"，也很工。在这种整炼的精美的工对形式当中，又是一种流水对的形式，尽管一代代老僧逝去，然而人生的旧痕是那样的不可觅得。这里又是一种自然和历史的流转。它的表面是流水对，但是它的背后、它的情感内容是一种自然和历史流转的无情无义。我有一次去常熟破山寺，发现那座寺庙的后面比前面那个院子还深，因为一代一代住持的老僧去世之后，都有一座灵塔，下面有个莲花座，无数的灵塔森森然一大片。老僧一代一代地去世了。"老僧已死成新塔"，新塔不断出现的同时，又不断地在时光中倾塌；"坏壁无由见旧题"，题在墙上的诗，本来就是人对生命的一种珍惜、流连，可是这个珍惜和流连又变成了"坏壁"，这就是残酷的人生。那个墙壁与诗句一起斑驳地坍塌下来。在精美的工对当中，呈现出历史流转的无情无义。在这样一个绝对的悲剧面前，是不是就死心了、放弃了？恰恰是在这样一种悲哀的大背景中，生长出一种儒家式的响应。所以我们讲，苏东坡融合了儒道释，他既不是完全的佛家的空幻、道家的虚无，也不是儒家的单纯的刚健和乐观，他是从这个大的背景下翻转过来、去承认，然后肯定了一个温暖有情的结局："往日崎岖还记否"，一个重要的诗性心理凸显出来了，那就是记忆。人的记忆是有情有义的，是永不磨灭的；人的记忆是对有情生命的肯定。在这样一个死亡背景的滔滔潮流之中，往日的情谊却仍然点点滴滴值得珍视。"往日崎岖还记否"这样一个探问，追溯到家族与亲情的根源：他们从原先一个普通的四川家庭，一步一步地出川，来到政治中心的中原，往日路上的辛苦、艰难，他问他弟弟还记得否。这当然是相当儒家式的探问。诗的最后是一个意象："路长人困蹇驴嘶。"诗歌到这里就结束了。所以翻转过来写的是儒家的一个日用的智慧，日用而不知。一旦涉及人生体验，以苏东坡为代表的宋代诗人一定是要有佛道体验的。有佛道体验不难，唐代几乎所有的诗人都有佛道的体验。但是一定要在这个层面翻转上来，只有懂得翻转上来，才可以说，苏东坡他有一种生命的厚度。

西方小说理论有所谓"扁平的人"和"圆形的人"区分。如果将苏东坡的文学和他这个人结合起来看，第一个特点即他特别具有生命的厚度，显示出一种经过阅历、经验以及文化的积淀，而得来生命的圆融与受用。如果我们在中国的文学家当中找"圆形的人"，那就是苏东坡，一方面他的生命故事可能在中国的诗人当中最为坎坷曲折也最为丰富；另一方面他的生命底蕴，也是最为深厚的。他所受到的学养，与宋代的社会有关，宋代所创造的社会文明，在中国的历史当中达到的高度，用陈寅恪的话来说，是华夏民族历几千年发展之后的"造极之世"。这个时代创造了很高的文明成就，所以它一定会有某位伟大的文学家，来表现这个时代的辉煌和厚度。这样的人物，苏东坡能够代表。正如刘熙载所论："东坡诗打通后壁说话，其精微超旷，真足以开拓心胸，推倒豪杰。""打通后壁"，即是说他把儒道释的思想都消化了。他并不是一个简单的儒家，也并不是一个简单的佛学家，也并不是一个简单的道家。钱穆说他是"儒门中的苏、张，庙堂中的老、庄"，他把这些东西全部都消化了。所以，这就成为苏东坡了不起的地方。

小结

苏轼名篇《和子由渑池怀旧》最具宋诗特点：转向内心，化解悲哀，融三教慧命而为一。首联讲"空无"，以雪为喻，是佛教思想。颔联是对仗极工稳的流水对，有递进关系，有歌唱感，极富于人生飘忽不居的唱叹深情！颈联更好：老僧——坏壁，新塔——旧题。整炼精美的工对形式中，是一种自然与历史流转的无情无义：一代又一代人过去，生命流逝，死亡如同浩荡而来的潮流，无法阻挡。人在历史上留下的生命印记是多么空幻可怜，人的想法与大自然的规律相比，又是多么渺小、微不足道！人的点滴努力，似乎永远也敌不过大自然的无边伟力——这当然是人生的哲理和大的答案。然而是不是就这样算了、放弃了、死心了呢？恰是在这种悲哀的大背景中生长出了儒家的哲学，温暖而又有情——记忆是永不磨灭的，是对有情生命的肯定！在死亡背景的滔滔潮流之中，往日情义点点滴滴都是那样值得珍视。此诗是以佛道为背景，翻转过来写儒家的日用智慧。人生一定要有佛道体验，但也一定要懂得翻转上来。

泛海

王阳明

险夷原不滞胸中，何异浮云过太空。

夜静海涛三万里，月明飞锡下天风。

（王阳明《泛海》）

悟道

明代诗歌，此首为第一。历代七绝诗歌，此首亦可
以列入排名榜的前三名。

王阳明是个大儒，是个豪杰。阳明学，是中国文化

史上道成肉身的典型，不仅在中国，王学有浙中、江右、南中、楚中、北方、粤闽诸派，而且还有韩国阳明学、日本阳明学，遍布东亚。

在中国，大哲人即大诗人，他的整个人生，就是一首诗。孔子是诗人，他的学生问他最大的志向是什么，他回答竟然是，在春天三月，与几个学生在一起，在沂水边玩水，在高台上吹风，然后在春风中唱着歌回家。天台宗的创始人，智者大师（智颉）也是一个诗人，大师到了天台山，要从一座山到另一座山，两山之间，深不见底，怎么过？他将锡杖一丢，就乘锡杖而飞过。这不是说他真的有什么魔法，而是在诗人的眼里，世间所有的困难都可以藐视，世间所有的恐怖都可以忽略。

1507年秋，宦官刘瑾专权，将王阳明远远贬谪贵州龙场，途中，又派人尾随准备暗杀。王阳明急中生智，将一双鞋放在江边，做出投江自杀的假象，并题下绝命诗一首，摆脱了尾随的杀手，搭上了前往福建的商船。然而，祸不单行，当他坐船行于海上，一场大风暴来临，船只几乎倾覆。终于在一个风浪之夜登岸，夜叩一寺求宿，不得入，只好投宿一座野庙，夜半，虎啸不绝于耳。诗人于庙中写下的，正是这首《泛海》。"飞锡"是用智者大师的典故，诗人说自己就好像手拿着锡杖，驾着天风，在月光下飞越"海涛三万里"，飞越无边的黑暗与恐怖。这首绝句的"太空"与"天风"，是写实，也是写意，含有无穷的意蕴；这首诗的结尾，意境高华，想象奇伟，是我读到的七绝中最华美而又最有力量的结尾。

讲《九首古诗里的中国》，正要从此类诗歌下笔。在黑夜无边的险恶浪涛中，一只孤舟飘荡着，深山古庙虎啸中，一个诗人孤独着——然而诗人的心灵，光明宁静，如天上明月。后来他在贵州龙场的开悟，正以这首诗歌为引子。

龙场悟道是这首诗的升级版。龙场在贵州西北方山野丛林之中，人迹罕至，蛇虺乱窜，有数不清的各种瘴疠虫毒。少数族人鴃舌难语。能说话的，只有来自中原的亡命之徒。当时刘瑾怒气未消，王阳明随时有危险。

他自认为一切荣辱得失皆已超脱，只有生死一念，尚未完全放下。于是做一石椁，发誓说："吾惟俟命而已。"每天都是坐在石椁上，沉思默念。时间一久，胸中洒落，因思及圣人处此，更有何法！忽一夜惊醒，大悟格物致知之旨，寤寐中似有人对他说话，不禁呼跃而起，从者皆惊，他说："圣人之道，吾性自足，向之求理于事物者误也。"他又默记五经之言相印证，无不吻合。这就是中国思想史上的"龙场悟道"。

王阳明在濒临生死边际的大关头，抖落一切，空诸所有，直接与生命本根照面，从一无所有之中，涌出一个无所挂碍的真身。如果说，这首诗是从凶险的浪涛与黑暗的追杀中翻转上来，龙场悟道也是从文明的边缘、死亡的临界翻转上来。佛家说的"遍大地是病，遍大地是药"，中国诗的最胜义谛，正是即病即药，一心开二门，没有暗黑的世界，哪有光明的心体？中国哲学的最胜义谛，也是生命在暗黑中自己开花，正如莲花在淤泥中开花。

生命开花

　　王阳明所发明的"致良知"，是生命的学问，也是生命的兴发感动。要义即用生命贯通学问、心灵融化真理、手之舞之，足之蹈之。阳明在早年遍求朱子遗书读，求师访友，泛滥于辞章，格竹子之理，心中始终有一大郁闷，一大烦恼，即"物理吾心，终若判而为二"。到他中年完成致良知之学，郁闷烦恼即消，懂得了再多的知识与学问，如果跟生命不相干，都是无用。于是生命即畅遂舒展。所以致良知之学，是他自家生命的修炼正果。他说："我未看此花时，此花与我心同归于寂；我看此花时，此花与我心一时明白起来。"这正是表达生命的敞亮、畅遂。他有两句诗："抛却自家无尽藏，沿门托钵效贫儿"，也很生动说明了良知在自家性命中的道理。

　　王阳明还有一个故事，也能说明他的良知为何。一日静坐，思离世远去，惟祖母岑与龙山会（阳明之父），念念不断。久之，又忽悟：此念可去，是断灭种性矣。次年往西湖南屏虎跑诸寺院，有僧坐关，三年不语不视，阳明上前喝问："这和尚终日口巴巴说甚么？终日眼睁睁看甚么？"僧惊起，即睁眼对语，阳明问其家，对曰："有母在。"阳明又问，"起念否？"僧对曰："不能不起。"阳明即对他讲爱亲本性，僧涕泣下。次日问起，僧已离寺。阳明悟释老之非，直通儒家的真实人心仁体，这是他良知教的孔孟圣贤血脉。

王阳明在十一岁时，曾问塾师，何为第一等事？塾师答曰，只有读书登第而已。他对先生说，读书登第恐未能是第一等事，大概读书学圣贤，才是第一等事。阳明临终时，弟子周积问他有何遗言。他说："此心光明，亦复何言！"

此心光明

王阳明之所以能悟道，不是概念的推导，不是逻辑的演绎，不是观念与体系的建构，而是生命的相感。而诗在其中的作用，不是可有可无的。从某种意义上说，诗是他与大自然能量交换的工具。正如《泛海》中的太空与明月，他常从清风明月、高山大海、空谷幽兰、飞云潜鱼等自然生命那里，获取此心光明的养料。如《龙潭夜坐》一诗：

> 何处花香入夜清，石林茅屋隔溪声。幽人月出每孤往，栖鸟山空时一鸣。
> 草露不辞芒屦湿，松风偏与葛衣轻。临流欲写《猗兰》意，江北江南无限情。

鸟啼、花香、溪声、月光，松风、草露，美好的自然以其无限深情的灵思与气韵，召唤诗人的到来。题目上写的是夜坐，实际上诗人已经沿溪流、沐松风、披月光，陶醉于美妙音乐般的意境之中。另一首《睡起写怀》：

> 江日熙熙春睡醒，江云飞尽楚山青。闲观物态皆生意，静悟天机入窅冥。

道在险夷随地乐，心忘鱼鸟自流形。未须更觅羲
唐事，一曲沧浪击壤听。

　　生意、天机，正是诗人以真实生命相照面的宇宙本
真，庄子说嗜欲深者，天机浅。将自然与人为，打成两
截。而对阳明来说，天机也是嗜欲，嗜欲无非天机，一
鱼一鸟，一草一木，都是天机的表现。自由也是理性，
理性也是自由。《碧霞池夜坐》云：

　　一雨秋凉入夜新，池边孤月倍精神。潜鱼水底传
心诀，栖鸟枝头说道真。
　　莫谓天机非嗜欲，须知万物是吾身。无端礼乐纷
纷议，谁与青天扫宿尘？

　　原来，宇宙万物的背后，没有上帝，没有神灵，没
有主宰，没有限定，一切都没有，只有一幅活泼泼的生
命！"道在险夷随地乐"，正是《泛海》诗首句"险夷原
不滞胸中"，人生中的那些难过的关，只是随地随时、随

身随意、因任自然而享受的各种快乐而已，因为，天永远是湛蓝的，浮云终究只是浮云。王阳明悟得的，就是以自己为主人、以自己为本尊。这一点，王阳明与西哲康德很相似。康德说道德必然是没有条件的，不以外在的各种条件来影响自己，是自己使自己成为如此。那么，王阳明诗中永远湛蓝的"太空"、永远流动的"长风"，正是相当于康德所说的"我头上的星空"，是绝对的存在。《夜坐》云：

　　独坐秋庭月色新，乾坤何处更闲人？高歌度与清风去，幽意自随流水春。
　　千圣本无心外诀，六经须拂镜中尘。却怜扰扰周公梦，未及惺惺陋巷贫。

　　所以，阳明又回到孔子的浴沂风雩的诗意那里，《月夜二首》（其二）云：

　　处处中秋此月明，不知何处亦群英？须怜绝学经千载，莫负男儿过一生。

　　影响尚疑朱仲晦，支离差作郑康成。铿然舍瑟春风里，点也虽狂得我情。

　　因而，他喜欢的"秋声"与欧阳修的不同，没有那么苍凉，而是大自然最宁静的音乐，需要人细心的谛听，如《秋声》：

　　秋来万木发天声，点瑟回琴日夜清。绝调回随流水远，馀音细入晚云轻。

　　因此，他喜欢把自己写成是无限寥远的秋天里的归鸟，如《送德声叔父归姚》：

　　犹记垂髫共学年，于今鬓发两苍然。穷通只好浮云看，岁月真同逝水悬。

　　归鸟长空随所适，秋江落木正无边。何时却返阳明洞，萝月松风扫石眠。

这是一种东方式的、内在超越的英雄主义。真英雄不自知其为英雄。最终的结果是诗的结尾："萝月松风扫石眠。"他没有一定要去战胜的敌人，也没有一定要去完成的丰功伟绩，他要战胜的，毋宁是他自己，他要完成的，毋宁是自我的完善。

小结

中国诗中有两种英雄诗。一是文天祥的《正气歌》："天地有正气，杂然赋流形。下则为河岳，上则为日星。于人曰浩然，沛乎塞苍冥，……时穷节乃见，一一垂丹青。……是气所磅礴，凛烈万古存。当其贯日月，生死安足论。"元朝大兵兵临杭州，南宋濒临灭亡，满朝文武百官，跑的跑，降的降，文天祥拼死抵抗，不屈不挠。最终被执于元大都的监狱里，元朝统治者对他威逼利诱，文天祥以身报国，丝毫不为所动，被囚三年之后慷慨就义。《正气歌》是他死前一年在狱中所作，表现了文天祥的忠肝义胆、铮铮铁骨。顾炎武的《精卫》也广为人知："万事有不平，尔何空自苦；长将一寸身，衔木到终古？我愿平东海，身沉心不改；大海无平期，我心无绝时。呜呼！君不见，西山衔木众鸟多，鹊来燕去自成窠。"表现了作为明遗民的诗人，对于反清复明的大业，锲而不舍的、知其不可为而为的、超越个人功利的精诚。这都是英雄圣贤的诗歌杰作，华夏民族的气节文章，爱国家、爱民族、爱文化，他们所代表的一种忠勇、壮烈、血性精神，正是中华民族作为一个了不起的民族国家的强大精神支柱。

王阳明当然也有建功立业的豪杰事迹，但他主要并不是建立什么，或守卫什么，他也是一种英雄主义，却是一种内在超越的英雄主义。即在有限的、甚至暗黑的人生，完善自己内在的生命尊严与价值的英雄主义。这种英雄，虽然不一定在国家民族濒临或遭遇危险的时候，却更具有人生在世的普遍意义。因为，在和平年代，甚至在繁荣时代，也有如何活得有尊严有意义的问题，这里面，有无限的庄严，有无限的崇高。

玖

己亥杂诗

龚自珍

九州生气恃风雷，万马齐喑究可哀。

我劝天公重抖擞，不拘一格降人才。

（过镇江，见赛玉皇及风神雷神者，祷词万数。
道士乞撰青词。）

（龚自珍《己亥杂诗》）

中国文学史的晚清

唐诗宋词元曲、明清小说近代文章，中国文学的千年风景，层峦叠嶂、移步换形。就说中国的文章罢，也是各臻其美。如周秦的孔子孟子，是大声敞亮，头顶共鸣；而老子庄子，神乎智乎，天姿纵逸，却又多少有些诡僻了。于是西汉的文章，变而为宏博、为阔达，如长江大河，水量大而成分杂，支流亦多（故有王充，挽回主流）。魏晋六朝，如奇花之初胎，如久病之复苏，如春云之出岫。嵇阮向郭，两潘二陆，隽美，深情，味永。唐宋八大家的时代，又好比由小庭回廊，走向大气端庄的高宫广殿。又如敦煌、如龙门，力道之大，沛然莫之能御。然而唐文的嘈嘈杂杂，也一如琵琶之丰缛繁华；而宋文似又少些活泼多姿，所以一到明清小品笔札天下，一片性灵流行，如张宗子一舟一芥一痕，尽天地间种种特美幽美……

　　讲到晚清，我总是对学生说："时间不够，好文字太多，你们自己看看吧。"我总是强调，晚清近代，革命热情太盛，反失文章之美；社会变迁剧甚，有碍古典雍容；历史事件复杂，也遮蔽了文学的游戏和抒情意味。然而，晚清文章与历代不同，正是其中有历史、有冲突、有热情、有风雷之气，多血性男儿、志士仁人的苦心之作。与前人相比，晚清人有事要做。这个事，即是在中国社会历史里，重建一个天命。亦即重新树立民族之政治与道德，重新打造民族思想之根本价值。所以读晚清的文章，是与当年的一代人呼吸相通，是与天命之流行觌体相遇。

从这个意义去读晚清，一是佳作之多、议论之深切，远超前代，一是以思想之深切为核心，而融汇汉唐宋明，合并仙佛之心、熔骚雅之音与幽并之气于一炉，又瓢泼之以欧风美雨，轰鸣之以神州风雷，故成就远超前人。如黄摩西所云："其文光怪瑰轶，汪洋恣肆，如披王会之图，如观楚庙之壁，如登喜玛拉（雅）山之绝顶，遘天帝释与阿修罗鏖战不可方物。"（《清文汇》序）仅以龚自珍数文而论，《平均篇》倡言公正平等，以厚人心；《塾议》揭破声音息然无感觉的社会，即衰世之象，呼吁不要压制士人的"能忧心、能愤心、能思虑心、能担荷心、能有廉耻心、能无渣滓心"；《著议》提醒"今之士"的堕落无力，疾呼深掘古代"士之渊薮"，再造新型士人。

皆议论风发，激昂峭厉。而《京师乐籍考》、《说京师翠微山》、《己亥六月重过扬州记》、《长短言自叙》以及《记王隐君》、《王仲瞿墓志铭》等，跌宕之气，又化而为沉郁深情，可谓嶙峋其语，凄怆其怀。

　　思想新、格局大，于中西学，都能得一种原始充沛的力量。我去北京大学、清华大学及武汉大学，看到他们世纪初的建筑物，磅礴大气，学舍如古城堡，图书馆的墙有一米厚，哪里像1980年代的新工房，浇薄无文。于是就想起晚清的文章来。晚清人既不像前人那样守旧，也不像今人那样趋新，于旧学新知，皆得正解。譬如孙诒让的《周礼正义序》，论《周礼》精神，一是古代民主制（"王庭决大议"），二是"行人"之官，巡行邦国，通上下之志（类似现代新闻传媒），故"宣上德而通下情者，无所不至。君民上下之间，若会四肢百脉而达于脑，无或壅阂而弗宣也"。三是尚学校重教化，"以德行道艺相切靡"，即古代人文教育精神。"故四海之大，无不受职之民，无造学之士。"说得真好。

风雷之气

重建一个天命，即晚清人有事要做。我们应该从这个角度来读《己亥杂诗》。

诗人于1810年到北京做官，一开始他很想干点大事，把他学到的那些经世治国之略，施展出来。但是接下来是仕途的倾轧，功名的失意，政治主张的破灭，有一天听大风彻夜轰响不停，龚自珍激动难安，深切感受到在他的人生命运中，进也不行，退又不甘，处于"平生进退两颠簸"（《十月廿夜大风不寐起而书怀》）的境遇，这是政治诗人才会有的境遇。中国最好的诗人，都是政治诗人。

《己亥杂诗》写于公元1839年（道光十九年己亥）龚自珍辞官返乡之时，计315首，全属七言绝句（其中部分不依近体格律的古绝），堪称中国诗史上最大规模的七绝组诗，具有一种又精警深切，又喋喋不休，又尽情尽性，又有弦外音、味外味，这样一种奇妙的文体美感。

沈祖芬说，"绝句所表现者，尤为精粹中的精粹，可称为最精粹之诗"，"短诗则不容有张弛之余地，须单刀直入一针见血，故用极短之文字刹那最尖端最紧张之情感，绝句表现之情感，为最紧张之情感也。"（《七绝诗论》）最紧张、最尖端、最精粹的情感表现，又出之以315首的篇幅，可谓高潮迭起，动荡开阖，一波才动万波随，充满心理情感张力与内在的戏剧性。如果将《己亥杂诗》视为龚自珍的诗体自传，那么，可以说，在这一组诗中，他将时代的风雷揽入笔下，展示了风雷激荡之下，一己复杂而又饶具魅力的内心世界，同时也是展示了如何由古典中国，走入一个复杂而诡谲的近代中国。

少年击剑更吹箫，剑气箫心一例消。

谁分苍凉归棹后，万千哀乐集今朝。

此篇是《己亥杂诗》第96首。此处是"剑""箫"意象在定庵诗中的最后一次出现，亦是他对平生深有所感的"剑箫"心事即"一箫一剑平生意"的总结。"剑"

即战士精神、是狂者进取、是刚健、侠意人生、勇猛精进、黑白分明，向腐朽世界宣战；"箫"即名士风流、是痴人伤怀，是理想、爱美、深情、求道、仁爱、向往清莹境界、追求自我完善等超越的心态，如同一枚硬币的两面，构建成了定庵心灵世界不可分割的两个层面。他也多次在反思"剑"与"箫"的命运。但这一次不同，诗人决绝地说"一例消"，诗人说他老了，退出江湖，不再进取也不再深情，所谓"少年哀艳杂雄奇，暮气颓唐不自知"（《己亥杂诗》第142首），他真正意识到剑气箫心的"消解"的结局了。然而这首诗的转折很厉害，不再进取与不再深情，不是归于零，而是经过"苍凉归棹"之后，重新涌起的"万千哀乐"，这个时候所有的进取与深情、精诚与清莹、执着与自由，都不再清楚区分，化而为今朝遣不了理还乱的万千哀乐。这种"哀乐无端"，已经属于特别的近代体验，古诗的中国，无疑开始变化了。又如两首关于陶潜：

　　　　陶潜诗喜说荆轲，想见停云发浩歌。吟到恩仇心事涌，江湖侠骨恐无多。

　　陶潜酷似卧龙豪，万古浔阳松菊高。莫信诗人竟平淡，二分梁甫一分骚。

《己亥杂诗》中的第129首与第130首，这完全是近代体验中的陶渊明。在古典诗学中，虽然朱子说过陶潜豪放得不觉。但还是以"平淡而山高水深"（黄庭坚语）和"质而实绮，癯而实腴"（苏轼语）的古典美感而令人回味无穷，然而龚自珍从陶渊明的作品中，重新发现了侠骨与忠烈，其实是他呼唤久违了的华夏血性。我们从陶渊明与荆轲、陶渊明与诸葛亮的侠义忠烈谱系中，可以听得见近代中国如谭嗣同、邹容、秋瑾等人的声音。

　　少年哀乐过于人，歌泣无端字字真。既壮周旋杂痴黠，童心来复梦中身。

《己亥杂诗》的第107首。也是被选得最多的杂诗之一。一首诗中情感三次盘旋转折。先是少年的真情淋漓之美，然后是中年人生的油腻周旋，最后是不甘心，梦中常常会回到少年的童心真纯之美。我们也可以把这首诗读成一个古典中国的寓言：一开始是少年华夏的真与纯，灵光乍破，一切都如奇花初胎，然后渐渐老大，是那么多现实利害的牵扯与照顾、痴黠与周旋，诗人对暮气沉沉的晚清统治者，充满了失望，梦中召唤着少年中国的童心再回。童心，一方面，正是那个时代对古典中国的突破，正如龚自珍的同乡鲁迅后来说的，肩住黑暗的闸门，放他们一条生路。另一方面，是生长与变化，是庄子说的无成心、不现成、未确定的状态，是不断的追求，永远在路上。"安得树有不尽之花更雨新好者，三百六十日长是落花时。"长是落花时，即永远的花开花落，人类的进步，正是在新旧交替、花开花落中前进的。"人生吉祥缥缈罕并有，何必中秋儿女睹璧月之流华！"吉祥缥缈并在，即花开花落并在，正是青春人生的希望所在。他在杂诗中，常以约花、赏花、护花、题花、追悼花魂，表达对古老华夏文明复苏的希望：

绝色呼他心未安，品题天女本来难。梅魂菊影商量遍，忍作人间花草看？（第 261 首）

鹤背天风堕片言，能苏万古落花魂。征衫不渍寻常泪，此是平生未报恩。（第 247 首）

剩水残山意度深，平生几緉屐难寻。栽花郑重看花约，此是刘郎迟暮心。（第 227 首）

浩荡离愁白日斜，吟鞭东指即天涯。落红不是无情物，化作春泥更护花。（第 5 首）

这四首咏花诗，可以分为前二首与后二首。前二首讲的是过去与现在，后二首讲的是未来。"绝色"是诗人所感受到的新思想新事物，完全不能用梅菊之类旧传统去称呼她、规范她，犹如天女，很难加以品题，岂能"作人间花草看"？这是诗人召唤变革、希望突破旧传统的迫切心情。"万古落花魂"是讲他自己，表明虽然是变革的召唤，但依然是复苏与唤醒来自古典中国久长的传统深处的魂灵。

后二首，借花表达对未来中国的希望。"刘郎"是指

"桃花观里花千树，尽是刘郎去后栽"，诗人表达他对于人才培养、对于经世之略所尽的心力，然而"刘郎迟暮"，是说人生的旅途只余下残山剩水，那些走过的好景虽然值得珍惜，但也只是浅尝而已。最值得珍视的不是那些走过的地方表面的风光，而是曾经种下的花，曾经播下的希望种子，曾经想象的花开满园。"落红不是无情物，化作春泥更护花"，古典中国的花开花落，并不是灭亡与牺牲，或者只是化作春泥而已，只是为了助成未来中国的无限春色。"近数十年来，士大夫诵史鉴，考掌故，慷慨论天下事，其风气实定公开之。"正如他自己也不无自豪地说："一事平生无齮齕，但开风气不为师。"他完全可以称之为现代中国的春天使者。

祷神

　　龚自珍的时代是整个社会底下压抑着一股风雷之气的时代，诗人是社会最敏感的神经，这位具有启蒙思想的大诗人，以其才华，起而议政"医国"，宣传变革，终因"动触时忌"，他于道光十九年己亥（1839）辞官南归，在途中写下315首《己亥杂诗》。这首诗是他在路过镇江时，应道士之请而写的祭神诗。

在这首诗中，诗人对官场人生的死气沉沉，士风不振，政治改革不见动静，十分焦急，热切地希望巨大的社会变革迅速到来。表达了作者解放思想，呼唤人才，变革社会，振兴国家的愿望，成为整部《己亥杂诗》的点睛之作。

非常有意思的是，诗人交代了这首诗的产生情景。诗末自注云："过镇江，见赛玉皇及风神雷神者，祷词数万，道士乞撰青词。""青词"就是祷神的辞。我们知道，中国最早的诗，是写在甲骨甚至更早的岩石或灵物上的。最早的诗，不是写给人自己看的，而是写给神灵的，诗在远古的时候，就是通神的，是巫师沟通人神的秘符。要猎杀，要打仗，要出征，要耕田，要祈雨，都要请求神灵的帮助。诗人这里，借着"祷词数万"的气势，一下子接通了诗最隐秘的能量。"我劝天公重抖擞，不拘一格降人才"两句，"天公"，即玉皇，"不拘一格"，就是新思想、新风气、新现象，诗人借祷神的口气，表现了诗人对新政、新人、新文明的呼唤。

关于"不拘一格降人才"，诗人不止是怀疑与批判没落的科举制度，更是包括了干部选拔、国家人才培养机制、甚至是整个不利于创新与改革的思想环境与文明生态。他在《咏史》一诗里很沉痛地批判：

> 金粉东南十五州，万重恩怨属名流。
> 牢盆狎客操全算，团扇才人踞上游。
> 避席畏闻文字狱，著书都为稻粱谋。
> 田横五百人安在，难道归来尽列侯？

"牢盆狎客"是垄断了资源的东南盐商，"团扇才人"是那些只会帮闲的京城文人。如果一个国家只是这样的权益占有者，精致利己主义的知识人与不作为的干部居上游，那就只是一个衰世的气象了。诗人呼唤像田横五百壮士那样精诚忠烈的中国人。他尖锐指出思想的禁锢是时代的最大病态："庖丁之解牛，伯牙之操琴，羿之发羽，僚之弄丸，古之所谓神技也。戒庖丁之刀曰：多一割亦笞汝，少一割亦笞汝；韧伯牙之弦曰：汝今日必志于山，而勿水之思也；矫羿之弓，捉僚之丸曰：东顾勿西逐，西顾勿东逐，则四子者皆病。"因而这样的政治文化，造成的是"左无才相，右无才史，阃无才将，庠序无才士，陇无才民，廛无才工，衢无才商，抑巷无才偷，市无才驵，薮泽无才盗；则非但鲜君子也，抑小人甚鲜"（《乙丙之际箸议第九》），这当然是一个令人窒息的时代。

　　整首诗中提炼了"九州""风雷""万马""天公"这样的高华壮美的意象，这在晚清诗中不多见。表现了老诗人"万古落花之魂"的复苏之望，《己亥杂诗》中的诗人虽然迟暮，然而这一首音调最为响亮，情绪最为高涨，期待着杰出人才的涌现，期待着改革大势形成新的"风雷"、新的生机，一扫笼罩九州的沉闷和迟滞的局面。其实这里的"天公"，更指当政者，不仅是希望当政者能够广纳人才，而且广开言路，解放思想，因为，虽然决定的权力，来自"天公"，然而一个时代真正的活力，是自下而上的，是来自民间的，但是有一个条件，就是要主政者"不拘一格"，即给社会一个自主的生态，让社会有多元的活力和内在的能量。

　　九首古诗里的中国，就写到这里。后面是气象万千的现代中国了。

戊戌年除夕前一日

图书在版编目（CIP）数据

九首古诗里的中国/胡晓明著.-上海：上海文艺出版社.2019.7
（九说中国）
ISBN 978-7-5321-7154-5
Ⅰ.①九… Ⅱ.①胡… Ⅲ.①古典诗歌－诗歌欣赏－中国
Ⅳ.①I207.2
中国版本图书馆CIP数据核字（2019）第105614号

发 行 人：陈 徵
策 划 人：孙 晶
责任编辑：胡曦露
封面设计：胡斌工作室

书　　　名：九首古诗里的中国
作　　　者：胡晓明
出　　　版：上海世纪出版集团　　上海文艺出版社
地　　　址：上海绍兴路7号　200020
发　　　行：上海文艺出版社发行中心发行
　　　　　　上海市绍兴路50号　200020　www.ewen.co
印　　　刷：山东临沂新华印刷物流集团有限责任公司
开　　　本：787×1168　1/32
印　　　张：6.875
插　　　页：2
字　　　数：100,000
印　　　次：2019年7月第1版　2019年7月第1次印刷
Ｉ Ｓ Ｂ Ｎ：　978-7-5321-7154-5/G・0230
定　　　价：25.00元
告 读 者：如发现本书有质量问题请与印刷厂质量科联系　T:0539-2925888